河出文庫

太宰治の手紙

返事は必ず必ず要りません

太宰治
小山清 編

河出書房新社

太宰治の手紙

返事は必ず必ず要りません

◉

目次

1　木山捷平宛（昭8・3・1）　9
2　木山捷平宛（昭8・5・3）　14
3　木山捷平宛（昭8・9・11）　15
4　小館 京宛（昭9・8・14）　18
5　山岸外史宛（昭和10・6・3）　20
6　小館善四郎宛（昭10・7・31）　22
7　小館善四郎宛（昭10・8・21）　24
8　今 官一宛（昭10・8・31）　25
9　今 官一宛（昭10・9・2）　33
10　神戸雄一宛（昭10・10・4）　35
11　小館善四郎宛（昭10・10・22）　36
12　山岸外史宛（昭10・10・30）　38
13　井伏鱒二宛（昭10・10・31）　39
14　山岸外史宛（昭10・11・11）　43
15　小館善四郎宛（昭10・12・17）　44
16　井伏鱒二宛（昭10・12・23）　45
17　山岸外史宛（昭10・12・23）　46
18　山岸外史宛（昭11・1・24）　48
19　淀野隆三宛（昭11・4・17）　49
20　山岸外史宛（昭11・4・23）　51
21　淀野隆三宛（昭11・4・23）　52
22　淀野隆三宛（昭11・4・26）　53
23　淀野隆三宛（昭11・4・27）　55
24　中畑慶吉宛（昭11・6・28）　57
25　小館善四郎宛（昭11・6・30）　60
26　井伏鱒二宛（昭11・7・6）　62
27　小館善四郎宛（昭11・8・12）　66
28　小館善四郎宛（昭11・8・22）　68
29　井伏鱒二宛（昭11・9・19）　71
30　井伏節代宛（昭11・9・30）　74
31　今 官一宛（昭11・10・4）　75
32　小館善四郎宛（昭11・11・29）　78
33　中畑慶吉宛（昭12・6・23）　81
34　平岡敏男宛（昭12・7・22）　82
35　中畑慶吉宛（昭12・9・25）　83
36　井伏鱒二宛（昭13・8・11）　88

37 井伏鱒二宛（昭13・9・2） 92
38 北芳四郎宛（昭13・9・19） 93
39 井伏鱒二宛（昭13・9・19） 96
40 中畑慶吉宛（昭13・9・25） 98
41 井伏節代宛（昭13・9・30） 100
42 井伏鱒二宛（昭13・10・4） 101
43 井伏鱒二宛（昭13・10・19） 103
44 井伏鱒二宛（昭13・10・25） 109
45 中畑慶吉宛（昭13・10・26） 113
46 井伏鱒二宛（昭13・10・31） 116
47 中畑慶吉宛（昭13・11・22） 117
48 高田英之助宛（昭13・11・26） 119
49 中畑慶吉宛（昭13・11・27） 122
50 中畑慶吉宛（昭13・12・16） 123
51 井伏鱒二宛（昭13・12・16） 124
52 井伏鱒二宛（昭13・12・25） 130
53 高田英之助宛（昭14・1・4） 132
54 山岸外史宛（昭14・1・5） 133
55 井伏鱒二宛（昭14・1・10） 136
56 中畑慶吉宛（昭14・1・10） 139
57 高田英之助宛（昭14・1・11） 141
58 井伏鱒二宛（昭14・1・?） 141
59 中畑慶吉宛（昭14・1・17） 143
60 高田英之助宛（昭14・1・17） 146
61 井伏鱒二宛（昭14・1・24） 147
62 高崎英雄宛（昭14・1・30） 151
63 高田英之助宛（昭14・1・30） 153
64 井伏鱒二宛（昭14・2・4） 155
65 高田英之助宛（昭14・2・4） 159
66 高田英之助宛（昭14・2・8） 162
67 高田英之助宛（昭14・2・21） 163
68 高田英之助宛（昭14・3・10） 164
69 中畑慶吉宛（昭14・3・10） 165
70 中村貞次郎宛（昭14・3・11） 166
71 亀井勝一郎宛（昭14・4・20） 168
72 高田英之助宛（昭14・4・21） 169

73 山岸外史宛（昭14・5・4） 170
74 中畑慶吉宛（昭14・5・26） 171
75 高田英之助宛（昭14・5・31） 173
76 木山捷平宛（昭14・7・25） 174
77 高田英之助宛（昭14・8・8） 175
78 山岸外史宛（昭14・8・10） 176
79 雨森たま宛（昭14・12・14） 178
80 高田英之助宛（昭14・12・15） 181
81 村上菊一郎宛（昭14・12・23） 182
82 井伏鱒二宛（昭15・2・2） 184
83 山岸外史宛（昭15・4・5） 188
84 伊馬鵜平宛（昭15・5・2） 190
85 平岡敏男宛（昭15・5・6） 191
86 山岸外史宛（昭15・5・23） 194
87 木山捷平宛（昭15・7・31） 195
88 木村庄助宛（昭15・8・2） 196
89 木村庄助宛（昭15・8・20） 196
90 木村庄助宛（昭15・8・22） 197
91 高田英之助宛（昭15・8・22） 199
92 山岸外史宛（昭15・10・6） 200
93 山岸外史宛（昭15・10・8） 200
94 山岸外史宛（昭15・10・12） 202
95 山岸外史宛（昭15・10・19） 202
96 山岸外史宛（昭15・10・23） 203
97 山岸外史宛（昭15・11・1） 204
98 小山 清宛（昭15・11・23） 205
99 山岸外史宛（昭15・12・2） 206
100 山岸外史宛（昭15・12・12） 207

あとがき　小山 清 210

解説 返事は必ず要ります
正津 勉 215

太宰治の手紙

返事は必ず必ず要りません

1　木山捷平宛

昭和八年三月一日東京市杉並区天沼三丁目七百四十一番地飛島方[1]より東京市杉並区馬橋四丁目四百四十番地木山捷平宛

拝啓

「出石[2]」只今拝誦いたしました。

四日の同人会[3]で感想を申し上げてもいいのですけれど、私は言うことが下手なものですから、手紙で失礼いたします。

最初の書き出しから、四頁目の「花」の問答のあたりまでは、私は全く安心し切って読みました。誇張でなしに心が伸び伸びといたしました。

「花」問答を過ぎてから、段々と不安になって来ました。「甘い」からではありません。貴兄のこの小説を誰かが「甘い」という故を以って、悪口を言ったら、その人は馬鹿だと思います。じたい「甘い」ということ自身も、はいせきされる筋のものではないと思います。古い文学者は、いつも、冷静な眼を持っていることをほこりとし、ものに驚かぬことを自己の信条にして来ました。そして人生の「美しい」剝製を壁にかけてはうれしがっていたのです。大きい心で見たなら、この態度こそよくない意味での大甘なのです。そう思いませんか?

私が貴兄の作品に対して持ちかけた不安というのは、貴兄の作品に「甘さ」が浮き出て来たからではありません。「花問答」までのこの高揚された真実を、貴兄が置きざりにして呉れるのではないか、という不安なのです。

読了して、此の不安は半ば的中し、半ば掃去されたように思いました。

作者の意図は、私が四頁以前を読んで察していたものよりもはるかに大きかったのです。この点は大安心。

このように謙譲のうちに語られる野心的な意図を私は好きなのです。好きなのは私だけではないと思います。

そんならば、この貴兄の意図は、うまく果されているか、どうか、私はそれに就いて、いま考えています。のこされた半分の不安というのはそこなのであります。

お読みになったことと思いますが、ゴーゴリの「イワンなんとかとイワンなんとかが喧嘩をした話」(4)というのが、やはり十年後に再び思い出の土地へ作者が訪れることになっていましたが、あの僅々二三頁の文章がどんなにか「――喧嘩をした話」を立派に生かしていたことでしょう。私は、あの二三頁の間に、作者のぼう大な姿を発見し、また所謂「悪魔をも憂鬱にさす(5)」人生の真実の姿を見たような気がしていたのです。はっきり言いますと、私は「出石」に於いて、こうした飛躍した感情を味わうことが出来なかったのです。なぜであるか、ということを私は考えて見ました。結論は、こうなりました。

作者が意識して、あまりにまとめ過ぎたからではないでしょうか、作者の意図に対して、あせり過ぎたからではないでしょうか。どうせ短篇で僅々二三十枚のものでありますから、作者が、書き出しを考えると同時に、全体の構成もきちんとまとめてあるし、またその結びもちゃんと用意してあると思います。それはそれで構わないのですが、その結びに至る過程に於いて作者がちょっとでも息を抜いたらたいへんなことになるのではありますまいか。

ここで鳥渡私の「魚服記(6)」に就いて言わせていただきます。あれは、やはり、仕事に取りかかる前から、結びの一句を考えてやったものでした。「三日のうちにスワの無慙な死体が村の橋杙に漂着した」という一句でした。それを後になってけずりました。私は、ずるかったのです。深山の荒鷲を打ち損じるよりは軒の端の雀を打ちとれ、の主義で、その一句を除くと割に作品の構成が破たんのないようでしたから、その為に作品の味がずっとずっと小さくなるのを覚えつつこっそりけずり取って了ったのです。この態度はよくありませんでした。たとい、その為に、作品の構成が破れ、所謂批評家から味噌糞に言われようと、作者の意図は、声がかれても力が尽きても言い張らねばいけないことでした。私は深く後悔しています。「出石」に於いての破たんも、こう考えて見ますと、それは決して不名誉な破綻でなく、意義の深い破たんでさえあると存じます。

若しこれで、十年後の出石が殆ど作者の意識するしないに関しないで、「ぼうっと」浮び上ったなら、此の作品は、傑作であります。そのためには作者が、十年前の出石を「花問答」以後をも、更に情熱をかたむけて書きつづけたらよかったと残念に思います。

もっともっと書きたいのですが、いつか御一緒に酒でも呑みながらお話致したいと思っています。素面のときは、私は全然口下手ですが、これでも酔うと少し口が言えるようになるのですから。

妄言多謝。こんなに書き過ぎて、私は、あとできっと恥かしい思いをするのですが、雑誌の出来たうれしさで、つい書き過ぎて了いましたのです。御めん下さい。

私の魚服記の御感想もうけたまわりたいと存じます。お互いに、きたんのない悪口を言い合って、よい小説を書けるようになりたいと思っています。

治

木山兄

〔註〕

（1）飛島定城氏。青森県五所川原町出身。当時、東京日日新聞社会部記者。

（2）木山捷平作。「海豹」（昭和八年三月号）掲載。

（3）「海豹」同人会。昭和八年三月、太宰は神戸雄一、木山捷平、古谷綱武、今官一、大鹿卓、新庄嘉章等と、同人雑誌「海豹」を創刊した。同人会は古谷綱武宅で催した。

（4）ゴーゴリ作「イワーン・イワーノヰッチとイワーン・ニキーフォロヰッチとが喧嘩をした話」。

（5）芥川龍之介の「侏儒の言葉」に、「ドストエフスキイの小説はあらゆる戯画に充ち満ちている。尤（もっと）もその又戯画の大半は悪魔をも憂鬱にするに違いない。」という言葉が見える。

（6）「海豹」（昭和八年三月号）に発表した太宰の小説。第一創作集「晩年」（昭和十一年砂子屋書房刊）に収録。太宰は弘前高等学校在学中に二、三の同人雑誌に習作を発表したことがあるが、その時はまだ太宰治の筆名を用いていなかった。「海豹」は太宰が東京に来て最初に関係した同人雑誌であり、また「魚服記」は太宰治の筆名で発表した第二作である。ちなみに第一作は、昭和八年二月、東奥日報社発行の週刊誌「サンデー東奥」に発表した「列車」（「晩年」収録）である。古谷綱武氏は「海豹」発刊当時を回想した文章で、「魚服記」について次のように書いている。「そして数日ののちにとどけられた作品が、その後、太宰の第一創作集『晩年』におさめられた『魚服記』である。一枚漉きの日本紙の半ペラの原稿用紙に、すこしかすれるような墨づかいで、きれいな筆の字であった。しかも筆をペンのように自由に使って

いるというのが、私の主観的な印象であった。」（八雲書店刊「太宰治全集」附録第一号）

2　木山捷平宛

昭和八年五月三日東京市杉並区天沼三丁目七百四十一番地飛島方より東京市杉並区馬橋四丁目四百四十番地木山捷平宛

「うけとり」[1]只今拝読。早速お手紙。

「出石」にくらべて、たいへんみがかれてあると愚考します。文章のみではなく、貴兄の創作に対する精神が、であります。

最後の一頁は、もちろん、あった方がよいと思います。ただし、あの太い黒線はなくもがなと存じます。一行あきでよいのではないでしょうか。

しかも、そのうけとりは、………年と共に負担を加え労苦を増して行くばかりである。

私ならば、ここで結びたい所です。

以上、読了して直後のはしり書であります。

私は、まだ寝たり起きたりです。耳がまだときどきいたむのです。悶々の日を送っています。今度の同人会には或いは出席出来ぬかも知れません。同人諸兄にもあしからず、と貴兄よりよろしくお伝え下さるよう。

〔註〕

（1）木山捷平作。「海豹」（昭和八年五月号）掲載。単行本「昔野」（昭和十五年ぐろりあ・そさえて刊）収録。

3　木山捷平宛

昭和八年九月十一日東京市杉並区天沼一丁目百三十六番地飛島方より東京市杉並区馬橋四丁目四百四十番地木山捷平宛

拝啓

その後御ぶさた申しています。お伺いもいたさず失礼申しました。そのうちぜひお伺いしようと思っています。

「海豹」九月号、一昨日、小池氏(2)から一部もらいました。貴兄の創作を拝読しました。ひとはなんと言われたか知れませんが、私は、あれでいいと思いました。立派だと思いました。出石、うけとり、と進まれた貴兄の足跡がとうとう頂上にたどりついたと存じました。ひとつの山を征服された貴兄が、すぐまた、目前のより高い山を睨んでいることを信じます。またそのゆえにこそ「子への手紙」(3)が尊いのだと存じられます。

塩月兄(4)のも、たいへんよかったと愚考いたします。彼氏の取組んでいる山は、ずいぶん大きいのに好意が持てます。頑固に、執拗に、ひとつの山と取り組んでいます。あの山を征服したら、たいしたものと思います。今月のは、なまなかに筋(ストオリイ)など作らず、ひたむきにあの女のひとの情熱を追及して行ったら、より成功したのではないか、と考えられます。

私も少しずつ勉強しています。よい仕事をしたいと思っています。また、ひとの立派な仕事にも接したいと思っています。よい作品を書きたいし、また読みたいと念じています。私は二瓶氏(5)の先月の作品に興味を持ちました。いまにいいものを書くひとだと期待していますが、どうでしょう。先月のは出来があまりよくなかったようですが、筆にねばりけがあって、力強く感じられました。

そのうち私もお伺いいたしますが、貴兄もおひまの折お遊びにおいで下さい。

まずは恥かしい愚見をさらして、しつれいいたします。

塩月兄にもよろしく。

太宰治

木山捷平兄

〔註〕
（1）その頃、飛島氏は通勤に不便のゆえを以て、この処に移った。荻窪駅の近くの、市場の裏であった。太宰はその家の二階の部屋を借りた。
（2）小池旻氏。「海豹」同人。
（3）木山捷平作。「海豹」（昭和八年九月号）掲載。単行本「抑制の日」（昭和十四年赤塚書房刊）収録。
（4）塩月赳氏。「海豹」同人。ちなみに太宰の作品「佳日」（昭和十九年一月号「改造」掲載）は、塩月氏をモデルにしたものである。
（5）二瓶貢氏。「海豹」同人。

古谷綱武氏の回想記には、「『海豹』は太宰の存在を注目させて、秋にはつぶれてしまった。」とある。太宰は「海豹」の六、七、八号に、三回に分けて「思い出」(『晩年』収録)を発表した。

この昭和八年に、太宰が発表した作品は、「列車」、「魚服記」、「思い出」の三篇である。

4 小館 京宛[1]

昭和九年八月十四日静岡県三島坂部[2]方より青森市浪打六百二十番地小館京宛
(絵はがき)

姉上様

こちらへ来ましてから、もう半月、経ちます、勉強も、ひとまず片づきましたから、これから毎日自転車で沼津の海岸へでも行き水を浴びようかとも考えています、ここから沼津まで約一里弱です、三島の水は冷くて、とてもはいれません、あすから、三島大社のおまつりで、提灯をさげています、大蛇の見せ物もある由。

〔註〕
（1）　青森の小館家に嫁いだ、太宰の四番目の姉。
（2）　坂部武郎氏。坂部氏は太宰より二つ年下の青年で、その頃三島で酒屋を営んでいた。太宰は一夏をこの家に寄宿して、「ロマネスク」（『晩年』収録）を書いた。太宰はまたこのときのことを、「老（アルト）ハイデルベルヒ」（昭和十五年二月「婦人画報」掲載）という作品に、懐旧の情を籠めて書いている。

この年の三月、古谷綱武、檀一雄両氏によって、季刊文芸誌「鷭」が創刊され、太宰はその第一号に「葉」を、六月、第二号に「猿面冠者」を発表した。この雑誌は二号で廃刊した。また十月、外村繁、中谷孝雄、尾崎一雄諸氏等の同人雑誌「世紀」に、「彼は昔の彼ならず」を発表した。十二月、太宰は今官一、檀一雄、津村信夫、岩田九一、中原中也、山岸外史、伊馬鵜平、小山祐士、北村謙次郎、木山捷平の諸氏と、同人雑誌「青い花」を創刊し、「ロマネスク」を発表した。「青い花」は第一号だけで廃刊となり、翌年、同人は、佐藤春夫、萩原朔太郎、中谷孝雄、外村繁、神保光太郎、亀井勝一郎、保田與重郎、田中克己諸氏等の「日本浪曼派」と合流した。

太宰は毛筆で「晩年」と書いた大きい紙袋に、書き上げた作品を貯蔵していたが、このとしの晩秋に、天沼一丁目の家の庭で、それまでに書いた二十数篇の中から、十四篇だけを選び出し、あとの作品は、書き損じの原稿と共に焼き捨てたことを、後年の執筆になる「東京八景」（昭和十六年一月号「文學界」掲載）という作品の中に書いている。

昭和九年に太宰が発表した作品は、「葉」、「猿面冠者」、「彼は昔の彼ならず」、「ロマネスク」（「青い花」昭和十年一月号）の四篇である。いずれも、「晩年」に収録してある。

5 山岸外史宛

昭和十年六月三日東京市世田谷区経堂町経堂病院[1]より東京市本郷区駒込千駄木町五十番地山岸外史宛（はがき三枚つづき）

お手紙、いま読んだ。よい友を持ったと思った。生涯の紀念になろう。こんなときには、ダラシナイ言葉しか出ないものだねえ。歓喜の念の情態には、知識人も文盲もかわりはない。「バンザイ！」これだ。

君は僕の言葉を信じて呉れるか。文字のとおりに信じて呉れ。いいか。「ありがとう」

佐藤春夫[2]氏への手紙は、二三日中に書いて出します。「おおいなる知己」を得たよろこびを書き綴るつもりです。実は二三日まえ、緒方氏[3]へ、歓喜の初花をささげたばかりなので、どうも書きにくいのだ。（同じ文句になりそうで。）

二三日してから、書いて出します。

陶工が粘土をこねくりながら、訪問者とお天気の話をしている。僕の文学談など、陶工のそのお天気の話と大差なし。口とは全く別なことを考えながら、仕事のための粘土をこねくっている。「自由の子」というより「すね者」と言ったほうが自由の子の真意をつたえうる。

〔註〕
（1）この年の三月、太宰は都新聞社の入社試験を受けたが、落第し、鎌倉の山に行き、縊死を企て失敗した。太宰は大学に籍は置いたが、殆ど出席せず、試験にさえ出なかった。尋常ならば、昭和八年三月に卒業しなければならないのだが、この年の三月にも卒業することが出来なかった。都新聞社の入社試験を受けたのは、それへの体裁もあったのである。鎌倉から帰って、数日後に、太宰は盲腸炎を起し、阿佐ヶ谷の篠原病院に入院した。腹膜炎を併発して重態になったが、やがて恢復し、一箇月後に、予後静養のため、世田ヶ谷経堂の内科病院に移ったのである。病院長は、太宰の長兄にあたる津島文治氏と友人関係であった。
（2）この年の五月、太宰は「日本浪曼派」に「道化の華」を発表した。「青い花」掲載の「ロマネスク」を読んで、太宰に注目していた佐藤氏は、「道化の華」を一読するに及んで、山岸氏に書簡を寄せた。この書簡を、太宰は単行本「晩年」の帯の広告文に借用している。また、「虚構の春」（昭和十一年七月号「文學界」掲載）という作品は、太宰に寄せられた手紙を集成した形式のものだが、その中にもこの書簡が挿入してある。それは次のようなものである。

（「拝呈。過刻は失礼。『道化の華』早速一読甚だおもしろく存じ候。無論及第点をつけ申し候。『なにひとつ真実を言わぬ。けれども、しばらく聞いているうちには思わぬ拾いものをすることがある。彼等の気取った言葉のなかに、ときどきびっくりするほど素直なひびきの感ぜられることがある。』という篇中のキイノートをなす一節がそのままうつし以てこの一篇の評語とすることが出来ると思います。ほのかにもあわれなる真実の蛍光を発するを喜びます。恐らく真実というものは、こういう風にしか語れないものでしょうからね。病床の作者の自愛を祈るあまり慵斎主人、特に一書を呈す。何とぞおとりつぎ下さい。十日深夜、否、十一日朝、午前二時頃なるべし。深沼太郎。吉田潔様硯北。」

「どうだい。これなら信用するだろう。いま大わらわでお礼状を書いている仕末だ。太陽の裏は月ありで、君からもお礼状を出して置いて下さい。吉田潔。幸福な病人へ。」）

深沼太郎は佐藤春夫、吉田潔は山岸外史であることは、云うまでもない。この書簡の実際の日附は五月三十一日で、この山岸宛のはがきは、それへの返信である。

（3）　緒方隆士氏。「日本浪曼派」同人。

6　小館善四郎[1]宛

昭和十年七月三十一日千葉県船橋町五日市本宿千九百二十八番地[2]より青森市浪打六百二十番地小館善四郎宛（はがき）

このごろ、どうしているか。不滅の芸術家であるという誇りを、いつも忘れてはいけない。ただ頭を高くしろという意味でない。死ぬほど勉強しろということである。and then ひとの侮辱を一寸もゆるしてはいけない。自分に一寸五分の力があるなら、それを認めさせるまでは一歩も退いては、いけない。僕、芥川賞[3]らしい。新聞の下馬評だからあてにならぬけれども、いずれにせよ、今年中に文藝春秋に作品のる筈。お母上によろしく。僕は君の家中で母上をいちばん好きだ、母上は好い人だ。

〔註〕

（1）　太宰の姉、京の婚家先小館家の末弟。当時、東洋美術学校に在学中。

（2）　七月一日に、太宰は経堂病院を退院して、この船橋の家に移った。篠原病院に入院中、患部の苦痛を鎮めるために、パビナールを使用したが、その後、太宰はその中毒に悩んだ。この頃は既に中毒症に罹っていたようである。

（3）　この年、芥川賞が設けられ、その第一回の候補作品の一篇として、太宰の「逆行」（昭和八年二月号「文藝」掲載）が推薦された。詮衡の結果は石川達三氏の「蒼氓」が当選し、太宰は高見順、外村繁、衣巻省三の三氏と共に次席になった。

7 小館善四郎宛

昭和十年八月二十一日千葉県船橋町五日市本宿千九百二十八番地より青森市浪打六百二十番地小館善四郎宛（はがき）

明日、佐藤春夫と逢う。(1) 東京のまちを半年ぶりで歩くわけだ。

（こんなハガキで失敬。(2)）

こんどの君の手紙は、たいへんよかった。この調子、この調子とひとりで喜ぶ。

われわれのあいだでは、もはや自意識過剰が凝然(ぎょうぜん)と冷えかたまり、厳粛の形態をとりつつあるようだ。自らの厳粛（立派さ）に一夜声たてて泣いた。君はいま、愛の告白(こくはく)をなさんとしている。思いのたけを言うがよい。また逢った日には、お互いに知らぬ顔をしていてもよいわけだ。思いのたけを言うがよい。

山のあなたの空とほく幸ひすむと人のいふ……カアル・ブッセ。(3)

ムヅカシイ本を骨折って読むこと。

〔註〕
（1） 佐藤春夫氏は、「尊重すべき困った代物」（昭和十一年四月号「文藝雑誌」掲載）という、

太宰に就いて書いた随筆の中で、太宰が初めて佐藤氏を訪問したときのことを、次のように書いている。

（――「道化の華」の発表されるのを見て自分は心中で果然！　と会心の思いがあった。その間に山岸外史と相識った自分は、この方面から人としての太宰に就いても少々聞き及ぶところもあったので、「道化の華」の作者に私信を以て読後感を披瀝した。太宰は当時既に健康は恢復したがまだ病院にいる、退院次第訪問するというような返事を寄せて、間もなくそれを実現した。山岸と同道であった。）

（2）　太宰は葉書を切らして手許になかったような場合、往復葉書で問い合せのあった、出さずにしまった返信の方をよく使用した。これもその一つである。

（3）　上田敏訳詩集「海潮音」にあり。

8　今　官一宛

昭和十年八月三十一日千葉県船橋町五日市本宿千九百二十八番地より東京市世田谷区北沢三丁目九百三十五番地今官一宛

拝啓

佐藤春夫氏からぼくへ、ぼくの作品に就いて、こんせつな手紙を下され、また、こんどの芥川賞のことでも、たいへん力こぶをいれて下された由、今月二十一日、先方からまねきもあり、知遇を深謝するつもりで上京した。

半年ぶりで東京のまちを歩いた。佐藤氏はやはり堂々としていた。さかんにぼくも放言して、ごはんなどごちそうになってかえったが、かえったら、やはり工合いがよくないのだ。

肺のほうは、もうすっかりいいのだが、酒をやめ、たばこをやめ、一日一杯ひとりで籐椅子に寝ていては、君、ヒステリイになるのがあたりまえではないか。ねえ。長編小説を出す由。時期が大切ではないかしら。ぼくも、それとなく宣伝して置くのは勿論であるけれども、そのまえに「作品」(1)かどこかへ問題作を掲載し、それから、ときをうつさず長編発刊と行くのがいいのじゃないか。君が僕を策士と言っていると、佐藤佐(2)という青年が言いふらして、ならびに僕の悪口をもこきまぜて言ってまわっている由、聞いたけれども、若し、君がそれを言ったところで、僕は君の胸中を信じている。君が僕に愛情を感じているように。

だんだんとしとともに古い友人を大事にしたい気持ちが一杯だ。君、策士云々は気にしないように。そんなことで、お互いの芸術が傷つかない。そんな安っぽい芸術では君はなかった筈だ。佐藤佐（僕とはまだよく話合ったことはないんだ）に逢ったら、君からよく叱って置くように。（紙がなくなったのであわてている。）別な紙を使うが、ゆるしたまえ。

来月、十月号には、「文藝春秋」「文藝」「文藝通信」と三つに書いた。「文藝通信」のは、「川端康成へ」(3)という題で、「下手な嘘はお互いにつかないことにしよう」などと相当やったから、或いは返却されるかも知れない。私は、ただ川端康成の不正を正しただけなのだが、ひょっとしたら没書ものかも知れない。「文藝」(4)のは、君、まえに読んだことのある原稿だが、「文藝春秋」のは、新しく書いたものだ。四十枚といって来たのに六十枚送ってやった。「ダス・ゲマイネ」(5)（卑俗について）という題であるが、これは、ぜひ読んで呉れ。

僕が先(さき)に出て、先にくたばる。覚悟している。

船橋のまちは、面白くない。ぼくの自意識過剰もこのごろ凝然(ぎょうぜん)と冷えかたまり、そろそろ厳粛という形態をとりつつあるようだ。厳粛という形態はそのうち「間抜け」の形態に変じた。僕はいまそこに暫時、定着している。

医者は僕を脳梅毒じゃないかと言って、僕に「ばかやろう」とどなられた。僕はたしかだ。ときたま、強いヒステリイにおそわれるだけだから、安心せよ。それもだんだん涼しくなるとともに落ちついて来た。このあいだ古谷(6)が来たときには、僕、少しあばれて失礼した。

格言。

一、僕たちは、男と男とのあいだの愛情の告白を堂々となさなければいけない。

一、ヴィナスを追うことを暫時やめろ。僕はヴィナスだ。メヂチのヴィナス像のような豊満な肉体と端正な横顔とを持っている。けれども、私の肉体を、ちらとでものぞいた者があったら、鹿(しか)にしてやる！

一、ブルウタス、汝もまた！

一、クレオパトラになりたい。シーザーになるのは、いやだ。

もっと面白い手紙を書くつもりだったが、頭工合いあしく、失礼する。怒らないで呉れ。この、ニセ気ちがいの手紙に返事を呉れないように。このあいだ、山岸外史が僕の手紙を批評したりなんかして、二人ともひどい目に逢った。僕をそっとして置いて呉れ。そっと人知れず愛撫して呉れたら、もっと、ありがとう。

このごろ、よく泣く。

僕はいま、文章を書いているのではない。しゃべっているのだ。口角に白い泡を浮べ、べちゃべちゃ、ひとりでしゃべり通(どお)した。

千言のうちに、君、一つの真実を捜しあてて呉れたら、死ぬほどうれしい。僕は君を愛している。君も、僕に負けずに僕を愛して呉れ。

必要なものは、叡智でもなかった。思索でもなかった。学究でもなかった。ポオズでもなかった。愛情だ。蒼空よりも深い愛情だ。

これで失礼する。返事は必ず必ず要りません。僕をそっとして置いて呉れ！

治　拝

今　官　一　様

大事なことを忘れた。日本浪曼派五月号と七・八月号、手許にあるのだけ送りました。あとは発行所のほうに言って置きます。僕はまだ同人会にいちども出たことはなし、同人、よく知らん。

〔註〕

（1）小野松二氏編輯の文芸雑誌。この年太宰は「雀こ」「玩具」を「作品」七月号に発表している。

（2）「非望」同人。「非望」はその頃、田中英光、小田仁二郎氏等が始めた同人雑誌である。太宰は「めくら草紙」（昭和十一年一月号「新潮」掲載）という作品の中で、マツ子という少女に、「非望」を読まさせている。太宰はこの頃、「非望」第六号所載の出方名英光（田中英光）の「空吹く風」を読んで、ひそかにその前途を属目していたのである。

（3）第一回の芥川賞の詮衡に於て、委員の一人である川端康成氏が、太宰に就いて、「作者目下の生活に厭な雲ありて、云々」と云ったことに対する、太宰の反駁文である。随筆集「もの思う葦」（昭和二十七年創芸社刊）収録。

（4）この年の「文藝」には、太宰は二月号に「逆行」を発表しているだけである。この原稿は採用にならなかったのであろう。
（5）　第一回芥川賞の候補者、高見順、外村繁、衣巻省三の三氏と共に、「文藝春秋」から依頼されて発表したものである。太宰はこの作品を世田ヶ谷の経堂病院に入院中に書きはじめ、船橋の家で完成した。
（6）　古谷綱武氏。

今官一氏は、〈船橋時代の太宰治の私信に就いて〉という副題のある、「洞窟のヴィナス」（八雲書店刊「太宰治全集」附録第八号）という随筆の中で、右の太宰の手紙をもらったときのことを、このように書いている。

「私は、すぐに筆を取った。ながい、つきあいのなかで、これほど、切実に『返事』を欲しがっている手紙を、私は、知らなかったからである。もう、手遅れかも知れないと思いながらも、私は、半分、涙ぐんで、なだめる心の速達信を書いた。私は、感情の乱れを畏れて、箇条書きの、わざと、殺風景なスタイルを選んだ。〈虚構の春〉のなかで、もっとも、不様な、散文的な手紙が、それである。それは、そうしなければ、千言のうち、一つの真理をも私たちの、青春は語り得なかったからである。」

「虚構の春」から、その手紙をここに引用する。

「返事よこしてはいけないと言われて返事を書く。一、長篇のこと。云われるまでもなく早まった気がして居る。屑物屋へはらうつもりで承知してしまったのだが、これはしばらく取消しにしよう。この手紙といっしょに延期するむね葉書かいた。どうせ来年の予定だったから、来年までには、僕も何とかなるつもりでいた――がそれまでに一人前になれるかどうか、疑問に思われて来た。『新作家』へは、今度書いた百枚ほどのもの連載しようと思っている。あの雑誌はいつまでも、僕を無名作家にしたがっている。『月夜の華』というのだ。下手くそにいっていたとしても、むしろ、この方を宣伝して呉れ。提灯をもつことなんて一番やさしいことなんだから。二、僕と君との交友が、とかく色眼鏡でみられるのは仕方がないのではないかな。中畑というのにも僕は一度あってるきりだし、世間さまに云わせたら、僕が君をなんとかケチをつけたい破目に居そうにみえるのではないかしら。僕だけの耳へでも、僕が君をいやみに言いふらして居るらしい噂が聞えてくる。そして人からいろいろ忠告されたりする。構わんじゃろ。君と僕が対立的にみられるのは僕にはかえって面白いくらいだ。たとえばポオとレニンが比較されて、ポオがレニンに策士だといって蔭口をきいたといった風なゴシップは愉快だからな。何よりも僕の考えていることは、友人面をしてのさばりたくないことだ。君の手紙のうれしかったのは、そんな秘(かく)れた愛情の支持者があの中にいたことだ。君が神なら僕も神だ。君が輩なら――僕も輩だ。三、それから、君の手紙はいくぶんセンチではなかったか。というのは、よみながら、僕は涙が出るところだったからだ。それを僕のセンチに帰するのは好くない。ぼくは、恋文を貰った小娘のように顔をあからめていた。四、これが君の手紙への返事だったら破いて呉れ。僕としては依頼文のつもりだった。たった一つ僕のこんどの小説を宣伝して呉れということ。五、昨日、不愉快な客が来て、太宰治は巧くやったねと云った。僕は不愛想に答えた『彼は僕たちが出したのです』――今日つくづく考えなおしている。こんなのがデマの根になるのではないか――と。『ええ』といっておけば好いのかもしれない。それともまた『彼は立派な作家です』と言えばいいのか。ぼくはいままでほど自由な気持で君のことを饒舌れなくなったのを哀しむ。君も僕も差支えないとしても、聞く奴が駑馬なら君と僕の名に関わる。太宰治は、一寸、偉くなりすぎたからいかんのだ。これじゃ、僕も肩を並べに行かなくては。漕ぎ着こう。六、長沢の小説よんだか。『神秘文学』のやつ。あんな安直な友情のみせびらかしは、僕は御免だ。正直なのかもしれないが、文学ってやつは、もっとひねくれてるんじゃないかしら。長沢に期待すること少くなった。これも哀しいことの一つだ。七、長沢にも会いたいと思いながら、会わずにいる。ぼくはセンチになると、水いらずで雑誌を作ることばかり考える。君はどんな風に考えるかしらんが、僕と君と二人だけでいる世界だけが一番美しいのではないだろうか。八、無理をしてはいかん。君は馬鹿なことを言った。君が先に出て先にくたばる術はない。僕たちを待たなくてはいかん。それまで少くとも十年健康で待たなくてはいかん。根気が要る。僕は指にタコができた。九、これからは太宰治がじゃんじゃん僕なんかを宣伝する時になったようだ。僕なんか、ほくほく悦に入っている。『こんなのが仲間にいるとみんな得をするからな』と今度ぼくは誰かに（最も不愉快な客が来たら）言ってやろうと、もくろんでいる。『虎の威を借る云々』とドバどもはいいふらすだろう。そしたら『あいつは虎でないとでもいうのか』と逆襲してやる。『そして僕が狐でないと誰が言いましたか。』十、君看双眼色、不語似無愁——いい句だ。では元気で、僕のことを宣伝して呉れと筆をとること右の如し。林彪太郎。太宰治様机下。」

右の手紙には勿論太宰の「虚構」があるだろうが、今氏は先に引用した文章の後にすぐ続けて、このように書いている。

「いまでも、不思議におもわれることだが、そんなに、おろおろと、涙ぐんで居りながら、たった一つの言葉を語るために、私が書いた手紙が、ひどく、傲慢で、〈虚構の春〉のなかでは、場外れて、新聞雑報的であるにも拘らず――それが、適確に、太宰には、待ち受けた『やさしい返事』になったということである。こんな風にしてか、語り合い得なかった『真実』というものの、これは、若さの一例でもあろうか。この間、僅かに二日間を、経過しただけで、太宰は、折返し、速達を呉れたのである。」

その手紙は、次に掲げるところのものである。

9 今 官一宛

昭和十年九月二日千葉県船橋町五日市本宿千九百二十八番地より東京市世田谷区北沢三丁目九百三十五番地今官一宛

けさ、寝ながら手紙読んで、はね起きた。なんだ、君は、ちゃんと判っているじゃないか。よし、よし、よし。

一昨日、君への手紙を書きながら、ニイチェの、「人は賞讃し、或いは、けなす事が出来るが、永久に理解せぬ」という悲しい呟きを思い出したりなど、しながら、それでも夢中で（ぼくは、このごろ夢中になれることができた。放心の状態もたまにあたら、よかった。

る。その状態が僕にはなつかしく、大事にしている。）手紙書いた。やっぱり、書いたら、よかった。

ニイチェのエピグラムはニイチェが呟いた瞬間に於いて真実だったので、僕と君の場合には、道化役にすぎなかった。

からだがよくなったら、僕は、しばしば東京へ出なければならない。僕の作品並びに名前が、どの程度のものか、そんなつまらないことまで、僕は、ちゃんと知って置かなければならない。

船橋でたったひとり、しかも女房から未だに全くの病人あつかいを受けている有様では、じっさい、東京のことが見当つかん。僕は千葉県人になりたくない。（このごろ友人のおとずれもなし、たよりも、一つも、ない。）君の言葉を借りると、死ぬほどたいくつだ。三十一日には、くやしいことがあって思い切り泣いた。熱を出した。僕は、この五六日、全く、しょんぼりしていた、けれども、僕は自信がついた。僕はヴィナスだ。ヴィナス、そろそろ、今官一の宣伝にとりかからん、といそいそしはじめた。そのうちお天気のよい日をえらんで上京するつもりである。

〔註〕

（1） 昭和六年二月、五反田に住んでいたときに太宰は、弘前高等学校時代に知り合った、もと青森の花街にいた小山初代氏と結婚した。

10　神戸雄一宛

昭和十年十月四日千葉県船橋町五日市本宿千九百二十八番地より東京市中野区城山五十三番地神戸雄一宛

拝啓

きょう「文藝通信」で貴兄の文章を読み(1)、いつも変らぬ兄の知遇に、必ず報いなければならぬと、心にちかいました。

必ず必ず、何かの形式で報いる。「そんなことは俗なことだ」と言うひとがあるなら、私は答えます。「ほんとうの芸術家というものは、野卑な姿を執らざるを得ないとき、その本然の美しさを発するものだ。」と。

よきたよりもなければ、遠方より来る友もなし。また、当分、ひとりでいたいと思っています。うきわれを淋しがらせよ閑古鳥。ひとりで、めしを食っています。終日、籐椅子に寝そべり、本(ほん)を読んでいます。肺のほうは九分九厘まで、なおったのですが、病後の神経衰弱(しんけいすいじゃく)で、酒も呑めず、煙草も呑めず、困(こう)じはてて居ります。

秋冷、五臓六腑（ごぞうろっぷ）にしみています。たまらない気持ちです。愚痴（ぐち）になりそうですから、しつれいします。

雨さえ降っていなかったら！

心から、あたたかい気持ちでお礼申しあげます。

治　拝

神戸雄一様

御返事、必ず不要です。

〔註〕

（1）神戸氏からこの書簡を拝借したとき、次のような説明書も戴いた。「（前略）文中『文藝通信云々』とあるは当時、文藝春秋社より発行されし文芸誌『文藝通信』に私が太宰氏の作品について好意ある一文をものしたらしい。それに対するものと思う。どんなことを書いたか、手許に『文藝通信』がないし、記憶もない。」

11　小館善四郎宛

昭和十年十月二十二日千葉県船橋町五日市本宿千九百二十八番地より東京市杉

並区荻窪三丁目二百二番地慶山房アパート小館善四郎宛（はがき）

このごろ工合いわるく、「新潮」の小説[1]、筆記してもらいたく、二十六日（土曜）来て下さい。徹夜[てつや]でやってしまいたいと思っています。逸郎[2]にも、同文のお願いのハガキ出しましたが、もしや、都合できて来られなかったら、困りますから、兎に角、君おいで下さい。おねがい申します。後略のまま。

〔註〕

（1）「地球図」。昭和十年十二月号「新潮」掲載。「晩年」収録。「新潮」掲載の際には、次のような前書がついていた。

「『新潮』編輯者楢崎勤氏、私に命ずるに、『ちかごろ何か感想云々』を以てす。案ずるに、『ダス・ゲマイネ』の註釈などせよとの親切心より発せしお言葉ならん。拙作『ダス・ゲマイネ』は、此の国のジャアナリズムより、かつてなきほどの不当の冷遇を受け、私をして、言葉通ぜぬ国に在るが如き痛苦を嘗[な]めしむ。舌を焼き、胸を焦がし、生命の限り、こんの限りの絶叫も、馬耳東風の有様なれば、私に於て、いまさらなんの感想ぞや。すなわち、左に『地球図』と題する一篇の小品を黙示するのみ。もとより、これは諷刺に非ず、一片のかなしき物語に過ぎず。されど、わが若き二十代の読者よ、諸君はこの物語読了ののち、この国いまだ頑迷にして、よき通事ひとり、好学の白石ひとり、無きことを覚悟せざるべからず。われら血まなこの態になれば、彼等いよいよ笑いさざめき、才子よ、化け物よ、もしくはピエロよ、と呼称す。人はけっして人を嘲うべきものではないのだけれど。」

（2） 太宰の甥。青森県金木町の津島市太郎氏に嫁いだ、太宰の長姉とし氏の長男。

12 山岸外史宛

昭和十年十月三十日千葉県船橋町五日市本宿千九百二十八番地より東京市本郷区駒込千駄木町五十番地山岸外史宛（はがき）

君は、こんな芝居を見たことがないか。「出陣。」若君が奥の間より緋縅の鎧を着て、しずしずと出る。いままで上座にすわっていた母者人は、下座にさがって、初の出陣の若君を、まずまずと、上座に据える。若君、おっとりとすましている。母者人、下座よりそれを見上げ、「おお、お見ごと、お見ごと、あっぱれご殊勲をお立てなされい。」

（右の状景、素直に微笑んで受け取れ。）

ヴェルレエヌ、その三度目（?）の詩集に、「言集なきロマンス。[1]」と名づけた。

病後御保養のため、おいで下さい。後略のまま。

〔註〕

（1）ヴェルレエヌの五冊目の詩集（一八七四年）。ちなみに三冊目の詩集は、「なまめかしき讌」（一八六九年）である。

13　井伏鱒二[1]宛

昭和十年十月三十一日千葉県船橋町五日市本宿千九百二十八番地より東京市杉並区清水町二十四番地井伏鱒二宛

拝啓

きょうは三十一日で、月末のやりくりの苦しみで、たいへんでした。うちからは、だんだん送金を、へらされるし、きょうは、あちこち電話をかけたり、手紙を書いたりして、路をあるきながら涙が出て、うちへはいってから、わんわん声たてて泣きました。

あんまりくやしくて、もう、病気がぶりかえしても、かまわんと、ビイルを呑んで、午後四時ころ寝てしまいました。月末の苦しさが身に徹（てつ）してこたえました。こんな日が、十日もつづくと病気がぶりかえすのが判っています。いまでさえ、私、少し熱が出たようで、工合いよくないのです。国の兄さん(2)のほうでも、ことし一年くらいは、のんきに保養させて下さるのか、と私、ひとり合点して、それなら、小説のほうも、ゆっくりかまえて、いいものを創ろう、と思っていたのですが、だめでした。このぶんなら、また、私、方針を変えなければなりますまい。ふと、眼がさめたら、夜中の十時でした。それまで、むりにも眠っていたのです。女房にたずねると、ほうぼうの払いは、しばらく待ってもらうことにした由、起きてひとり、めしをたべたら、ふっと、井伏さんと井伏さんの奥さんと二人居ればいいなあ、という意味ない呟きが口から出て、また、泣きました。

船橋は静かすぎます。虫の声と電車の音。

きょうは、煮えるような苦しみを、なめました。井伏さん。ときどき（二月に一度くらいでいいから）力をつけて下さい。そうでもなければ、私は死にそうです。

こんな筈じゃなかったと、苦しさがむしろ不思議なくらいです。

奥様にもくれぐれもよろしく。

女房が「いつも奥様のことが、念頭から離れたことがない」と言って、私も、それはたいへんいいことだと、ほめてやりました。

生きている限りは、みじめになりたくないのです。なんとかしてこの難関をひとりで切り抜ける覚悟ですから、御安心下さい。

治　拝

三十一日深夜

井伏鱒二様

奥様

〔註〕

（1）昭和五年の春、太宰は弘前高等学校を卒業して、上京し、東京帝国大学仏蘭西文学科に入学した。この頃、井伏鱒二氏に初めて会い、爾来師事した。

敗戦後、筑摩書房から刊行された「井伏鱒二選集」第一巻の後記（昭和二十三年）に、太宰は早くから井伏氏の作品に心を惹かれていたことを、次のように述懐している。

「（前略）私は十四のとしから、井伏さんの作品を愛読していたのである。二十五年前、あれは大震災のとしではなかったかしら、井伏さんは或るささやかな同人雑誌に、はじめてその作品を発表なさって、当時、北の端の青森の中学一年生だった私は、それを読んで、坐っておられなかったくらいに興奮した。それは『山椒魚』という作品であった。童話だと思って読んだのではない。当時すでに私は、かなりの小説通を以てひそかに自任していたのである。そうして、『山椒魚』に接して、私は埋もれたる無名不遇の天才を発見したと思って興奮したのである。（中略）それ以来である。私は二十五年間、井伏さんの作品を、信頼しつづけた。たしか私が高等学校にはいったとしの事であったと思うが、私はもはやたまりかねて、井伏さんに手紙をさし上げた。そうしてこれは実に苦笑ものであるが、私は井伏さんの作品から、その生活のあまりお楽でないように拝察せられたので、まことに少額の為替など封入した。そうして井伏さんから、れいの律儀な文面の御返事をいただき、有頂天になり、東京の大学へはいるとすぐに、袴をはいて井伏さんのお宅に伺い、それからさまざま山ほど教えてもらい、生活の事までたくさんの御面倒をおかけして、そうしてただいま、その井伏さんの選集を編むことを筑摩書房から依頼されて、無量の思いも存するのである。」

また、井伏鱒二氏は、「太宰治集」上巻（昭和二十四年新潮社刊）の解説に、太宰とはじめて会ったときのことを、次のように書いている。

「初めて太宰君に会ったのは、昭和五年の春、太宰君が大学生として東京に出て来た翌月であった。太宰君は私に二度か三度か手紙をよこし、私が返事を出すのに手間どっていると、強硬な文意の手紙をよこした。会ってくれなければ自殺するという意味のものであった。私は驚いて返事を出した。

初対面の太宰君は、しゃれた着物に袴をはいていた。ぞろりとした風である。下着は更紗であった。ふところから自作の原稿を取り出して、これをいますぐ読んでもらいたいと云った。私は読んだ。今日では、それがどんな内容のものであったか忘れたが、ただ一つ、全体の印象だけは覚えている。そのころ一時的に流行していた、ナンセンス文学といわれていた傾向の作品に彷彿として、よくない時流の影響が見えた。私は読後感を述べないで、『ともかく、われわれは古典を読もうじゃないか。当分、プーシキンや東洋の古詩なんか読もうじゃないか。』

と、木に竹をついだようなことを云った。」

（2）　長兄、津島文治氏。

14　山岸外史宛

昭和十年十一月十一日千葉県船橋町五日市本宿千九百二十八番地より東京市本郷区駒込千駄木町五十番地山岸外史宛（はがき）

このごろ、少しずつ（ほんとうに少し）けれども深く、仕事をすすめて居ります。君の随筆論、本気に、読みたし。ぼくも君も、からだあっての、ものだね也。さきごろ、一句を得たり。君がためバット一本の値打ちあらむ乎。ソロモンの夢破れたりトタン塀。（1）

〔註〕

（1）　昭和六、七年頃、太宰は朱麟堂と号して俳句に凝っていたことがある。作品の所々に俳句を挿入しているし、また俳句的表現の文章も見える。八雲書店刊「八雲」（昭和二十三年十一・十二月号）及び、伊馬春部氏の「太宰治と俳句」という文章（角川書店刊「俳句」昭和二十八年一月号所載）を参照されたし。

15 小館善四郎宛

昭和十年十二月十七日千葉県船橋町五日市本宿千九百二十八番地より東京市杉並区荻窪三丁目二百二番地慶山房アパート小館善四郎宛（はがき）

先ず、肉親のあくことを知らぬドンランなるエゴを知れ！　逸郎に手をひかれ、懐中五十円、碧眼の僧、托鉢（たくはつ）の旅[1]に出ます。みすぼらしい旅です。おそくとも二十三日には、かえります。（お金がないから。）僕は、だんだん、めくらのふりをしているのに、君は、だんだん、眼をひらく。「君、自身を愛したまえ。」問題は、それから。千人のうち、九百九十九人の一致したる言を信ぜず、あとの、みすぼらしい、ひとりの男の言を信ずる。

初代が飛島のうちに居なかったら、私、在宅と知れ。[2]

〔註〕
（1）太宰は昭和十一年一月から三月まで、「日本浪曼派」に「碧眼托鉢」という題名の随筆を連載しているが、おそらくこの旅行とその題名とは関係があるであろう。

（2）おそらく、太宰の旅行中、初代氏は天沼の飛島氏の家に同居したのではなかろうか。

16　井伏鱒二宛

昭和十年十二月二十三日千葉県船橋町五日市本宿千九百二十八番地より東京市杉並区清水町二十四番地井伏鱒二宛（はがき）

井伏さん。

ゆうべ、かえりました。追いたてられるようにして歩きまわりました。湯本で風邪をひいてしまいました。旅に病んで夢は枯野をかけめぐる、(1)旅に病んで夢は枯野をかけめぐる、旅に病んで夢は枯野をかけめぐる、ただ、この言葉ばかり口ずさんでいました。心も、からだも、めっちゃくっちゃです。けさ、ひどく悪いユメを見て、床の中で泣いて、家人に笑われました。お正月にも、ゆかれなくなりました。おゆるし下さい。諸種の事情がありますので。寝正月です。

私は、いま、牢（ろう）へはいるのを知りつつ、厳粛な或る三十枚位の小説を書こうとしています。

〔註〕

（1）芭蕉の臨終の句。

17　山岸外史宛

昭和十年十二月二十三日千葉県船橋町五日市本宿千九百二十八番地より東京市本郷区駒込千駄木町五十番地山岸外史宛（はがき）

ゆうべ旅からかえった。君のはがき見た。「書きます。そのために、きっと僕は牢へはいるだろう。そうして、君をも、僕より重い刑罰（ハレンチザイ）に附し、牢にぶちこみます。」以上はほんとうのことなのです。湯河原、箱根を漂泊四日間、風邪の気味で下山。「旅に病んで夢は枯野を駈けめぐる。」五臓六腑にしみた。

年賀の礼を欠く。

〔註〕

このときの旅行のことを、太宰は「日本浪曼派」（昭和十一年三月号）に掲載した、「碧眼托鉢」の中に“Confiteor”の題目で、次のように書いている。

「昨年の暮、いたたまらぬ事が、三つも重なって起り、私は、字義どおり尻に火がついた思いで家を飛び出し、湯河原、箱根をあるきまわり、箱根の山を下るときには、旅費に窮して、小田原までてくてく歩こうと決心したのである。路の両側は蜜柑畑、数十台の自動車に追い抜かれた。私には四方の山々を見あげることさえできなかった。私はけだもののように面を伏せて歩いた。「自然。」の峻厳に息がつまるほどいじめられた。私は、鼻紙のようにくしゃくしゃにもまれ、まるめられ、ぽんと投げ出された工合いであった。

この旅行は、私にとって、いい薬になった。私は、人のちからの佳い成果を見たくて、旅行以来一月間、私の持っている本を、片っぱしから読み直した。法螺でない。どれもこれも、私に十頁とは読ませなかった。私は生れてはじめて、祈る気持を体験した。「いい読みものが在るように。いい読みものが在るように。」いい読みものがなかった。二三の小説は、私を激怒させた。内村鑑三の随筆集だけは、一週間くらい私の枕もとから消えずにいた。私は、その随筆集から二三の言葉を引用しようと思ったが、だめであった。全部を引用しなければいけないような気持がするのだ。これは、「自然。」と同じくらいに、おそろしい本である。

私はこの本にひきずり廻されたことを告白する。ひとつには、「トルストイの聖書。」への反感も手伝って、いよいよ、この内村鑑三の信仰の書にまいってしまった。いまの私には、虫のような沈黙があるだけだ。私は信仰の世界に一歩足を踏みいれているようだ。これだけの男なんだ。これ以上うつくしくもなければ、これ以上に卑劣でもない。ああ、言葉のむなしさ。饒舌への困惑。いちいち、君のいうとおりだ。だまっていておくれ。そうとも、天の配慮を信じているのだ。御国の来らんことを。

（嘘から出たまこと。やけくそから出た信仰。）

日本浪曼派の一周年紀念号に、私は、以上のいつわらざる、ぎりぎりの告白を書きしるす。

これで、だめなら、死ぬだけだ。」


この年、太宰は「逆行」、「道化の華」、「玩具」、「雀こ」、「猿ケ島」（「文學界」九月号）、「ダス・ゲマイネ」、「地球図」等を発表した。「ダス・ゲマイネ」を除いて、みな「晩年」に収録してある。ほかに随筆「もの思う葦」を、「日本浪曼派」八、十、十一、十二月号に発表した。

18　山岸外史宛

昭和十一年一月二十四日千葉県船橋町五日市本宿千九百二十八番地より東京市本郷区駒込千駄木町五十番地山岸外史宛（はがき、横書）

貴翰拝誦。
不眠のせいか、顔大仰にむくみ不快也。星も見えぬ。梅の花も遠い。夜々、幻聴になやむ。
とこやみの(1)
めしひのままに

鶴のひな
そだちゆくらし
あはれ　太るも

一笑。

〔註〕
（1）敗戦後の執筆になる長篇「斜陽」（昭和二十二年）の直治の手記の中に、この和歌が、「とこやみの」とあるのが「年々や」と変って挿入してある。

19　淀野隆三宛

昭和十一年四月十七日千葉県船橋町五日市本宿千九百二十八番地より京都市伏見区大手筋淀野隆三宛

謹啓
ごぶさた申して居ります。
さぞや、退屈、荒涼の日々を、お送りのことと深くお察しいたします。

生涯には様々のことが、ございます。私なども何か貴兄のお役に立つように、なりたいと、死にたい、死にたい心を叱り叱り、一日一日を生きて居ります。

唐突で、冷汗したたる思いでございますが、二十円、今月中にお貸し下さいまし。

多くは語りません。生きて行くために、是非とも必要なので、ございます。

五月中には、必ず必ず、お返し申します。五月には、かなり、お金がはいるのです。

私を信じて下さい。

拒絶しないで下さい。

一日はやければ、はやいほど、助かります。

心からおねがい申します。

別封にて、ヴァレリイのゲェテ論、お送りいたしました。

私の「晩年」[1]も、来月早々、できる筈です。できあがり次第、お送りいたします。しゃれた本になりそうで、ございます。

まずは、平素の御ぶさたを謝し、心からのおねがいまで。たのみます。

治

淀野隆三学兄

ふざけたことに使うお金ではございません。たのみます。

〔註〕

（1）第一創作集「晩年」が砂子屋書房から出版される運びになっていた。この年、「めくら草紙」が「新潮」一月号に、また「陰火」が砂子屋書房発行の「文藝雑誌」四月号に発表され、「晩年」収載の作品はすべて発表されていた。

20　山岸外史宛

昭和十一年四月二十三日千葉県船橋町五日市本宿千九百二十八番地より東京市本郷区駒込千駄木町五十番地山岸外史宛（はがき）

（第二信）

第一信のような、あんな、てれかくしの面白くもない返事を、わざと書きしたため、さて、満面の微笑、どれ、どれ、と「若草」[1]、押いれよりさがし出して、また読みなおしたというわけです。一夜で書き飛ばしたのです。それも、井伏さんの奥さまのおいでの夜で、お話相手しながら、それでも書きあげてしまいました。それゆえ、いま読むと、話にもならぬほど粗末な個所あり、背中に冷水三斗の実感があります。君が手を添えて書いたのだから、いっそう君の気にいったのではないかしら。いま、月末までの約束で、某誌の小説[2]。夜のめもねられぬ。これは、自信があります。ぜひとも読んでもらいたい[3]。津村兄[4]へのゲルは、この小説のお金からおかえしする。
あれには、重大なミスプリントさえあります。

〔註〕
（1）「雌について」（「若草」昭和十一年五月号掲載）。
（2）「雌について」は対話体の小説で、その対話の相手は山岸氏である。
（3）「虚構の春」（「文學界」七月号）であろうか。
（4）津村信夫氏。太宰には、「郷愁」（昭和二十七年七月創芸社刊「もの思う葦」収録）と題する、津村信夫を追悼した文章がある。

21　淀野隆三宛

昭和十一年四月二十三日千葉県船橋町五日市本宿千九百二十八番地より京都市伏見区大手筋淀野隆三宛

謹啓

私の、いのちのために、おねがいしたので、ございます。
誓います、生涯に、いちどのおねがいです。
幾夜懊悩のあげくの果、おねがいしたのです。
来月は、新潮と文藝春秋に書きます。
苦しさも、今月だけと存じます、他の友人も、くるしく、貴兄もらくではないこと
を存じて居りますが、何卒、一命たすけて下さい。
多くを申しあげません。
一日も早く、たのみます、来月必ず、お返しできます。
切迫した事情があるので、ございます。
拒否しないで、お助け下さい。

淀野学兄

一日も早く、伏して懇願申します。

22　淀野隆三宛

昭和十一年四月二十六日千葉県船橋町五日市本宿千九百二十八番地より京都市

伏見区大手筋淀野隆三宛

拝啓
こんなに、たびたび、お手紙さしあげ、羞恥のために、死ぬる思いでございます。何卒、おねがい申します。他に手段ございませぬゆえ、せっぱつまっての、おねがいでございます。たのみます。まことに、生涯にいちどでございます。
いま、本の校正[1]やら、創作やらで、たいへん、からだをわるくして、やせました。昨日は、とうとう、一日寝てしまいました。この春さえ、無事に、通過すると、からだのほうは、大丈夫と存じます。五月には、きっと返却できますゆえ、四月中たのみます。

治

淀野隆三学兄

〔註〕
（1）「晩年」の校正。檀一雄氏の「小説太宰治」（昭和二十四年十一月六興出版社刊）によると、「晩年」の校正は殆ど、檀氏がしたようである。

23　淀野隆三宛

昭和十一年四月二十七日千葉県船橋町五日市本宿千九百二十八番地より京都市伏見区大手筋淀野隆三宛

淀野さん

このたびは、たいへんありがとう。かならずお報い申します。私は、信じ、られ、て、うれしくてなりません。きょうのこのよろこびを語る言葉なし。私は誇るべき友を持った。天にも昇る気持ちです。私の貴兄に対する誠実を了解していただけて、バンザイが、ついのどまで、来るのです。くにのお仕事で、インサンな気分のないのが、うれしくてなりません。つらいことも、随分、おありでしょうが、その辛さを一言も口に出さぬ貴兄の態度を、こよなく、ゆかしく存じました。

よい芸術家には、充実したるホーム・ライフがある筈です。一冊の本を読（よ）んでは、すぐ読書余録。三日の旅をしては、旅日記。一日風邪（かぜ）で寝ては、病床閑語。これでは、助からない。人（ひと）らしく、生活すべきだと存じます。うの目、たかの目で、作品だけしか考え得ぬ人は、さぞかし苦しいことと存じます。作品は、いそがずとも、豊富のホーム・ライフをこそ切望いたします。
若輩、生意気を申して、おゆるし下さい。
衷心からお礼を。

治 拝

淀 野 隆 三 様

〔註〕

この年の二月、太宰はパビナール中毒が進み、佐藤春夫氏の世話で、芝の済生会病院に入院したが、全治せぬまま退院し、この頃は、パビナールを一日四十筒も注射していた様子で、その代金に窮して、太宰は殆どの友人に借金申し込みの手紙を出したようである。淀野氏宛のこの四通の手紙は、その典型のようなものである。

山岸外史氏に「太宰治の借金」（「新潮」昭和二十五年十一月号）という、この淀野氏宛の手紙にいわば解説をした一文があるが、その中で山岸氏は次のように云っている。

「相当、ひとを小馬鹿にしたオダテ方である。ちなみに淀野君は、たしか、太宰よりも五歳の年長だとおもったが、太宰も、そのへんのところは、よく心得ていて、こういう手紙を書いているのである。（中略）けれども、また、この半面においては太宰にはひどく律儀なところがあって、送られた金に対して謝礼の手紙を忘れるような人間ではなかった。ひとから貰った手紙についても、できるだけ返事を認(したた)めるというような、謙譲な態度もあって、この気持は、後半になればなるほど確乎としていったようである。だから、この時期だけの手紙をもって、太宰の全人格を判定してはならない。やはり、時代と年月を中心として、かれがどんな形で発展していったかを正確に且つ親切にみてやらなければならない。」

24　中畑慶吉[1]宛

昭和十一年六月二十八日千葉県船橋町五日市本宿千九百二十八番地より青森県五所川原町旭町中畑慶吉宛（はがき四枚つづき）

①本日別封にて、かねてお約束の、創作集[2]お送り申しあげます。本屋から三十部しか貰えず、どうしても不足で、あんな汚いのを差しあげ、残念でなりませぬ。後日、きっと奥様あてに、きれいな本を差しあげますゆえ、おゆるし下さい。

②来月上旬、帝国ホテル、もしくは上野精養軒にて、出版紀念会する由。[3]御案内さしあげますゆえ、都合よろしければ、御出席下さい。えらい大家たち大ぜい出席いたします。

③りゑ様[4]へも必ずお送り申したく、本日お送りしたのは、いわば見本にて、ちゑ奥様[5]、ほうぼうへよろしく御宣伝下さい、ほしいとお申し込み下されば、何かと都合つ

けて、サインして、お送りするよう取はからいいたします。

④豊田様[6]へも、後日、きっと、お送り申します。ちゑ奥様の宣伝如何によっては、すぐにも都合つけて、きれいなサインとかなしい歌を書きそえて、一冊あらためてお送り申します。

〔註〕

(1) 太宰の父、津島源右衛門に世話になった人。呉服商。太宰の作品「帰去来」(小山書店刊「八雲」第二輯昭和十七年十一月)、「故郷」(「新潮」昭和十八年一月号)、「津軽」(昭和十九年十一月小山書店刊)等には、中畑氏のことが書かれている。また、「虚構の春」の中にも、太宰の虚構になる中畑氏の手紙が挿入してある。丁度この時期に該当するものであるから、少し長くなるが、ここに引用して、読者の参考に供したい。

「先日、(二十三日)お母上様のお言いつけにより、お正月用の餅と塩引、一包、キウリ一樽お送り申しあげましたところ、御手紙に依れば、キウリ不着の趣き御手数ながら御地停車場をお調べ申し御返事願上候、以上は奥様へ御申伝え下されたく、以下、二三言、私明けて二十八年間、十六歳の秋より四十四歳の現在まで、津島家出入りの貧しき商人、全く無学の者に候が、御無礼せんえつ、わきまえつつの苦言今は延々すべきときに非ずと心得られ候まま、汗顔平伏、お耳につらきこと開陳、暫時、おゆるし被下度候。噂に依れば、このごろ又々、借銭の悪癖萌え出で、一面識なき名士などにまで、借銭の御申込、しかも犬の如き哀訴嘆願、おまけに断絶を食い、てんとして恥じず、借銭どこが悪い、お約束の如くに他日返却すれば、向うさまへも、ごめいわくなし、こちらも一命たすかる思い、どこがわるい、と先日も、それがために奥様へ火鉢投じて、ガラス戸二枚破損の由、話、半分としても暗涙とどむる術ございませぬ。貴族院議員、勲二等の御家柄、貴方がた文学者にとっては何も誇るべき筋みちのものに無之、古くさきものに相違なしと存じられ候が、お父上おなくなりののち天地一人のお母上様を思い、私めに顔たてさせ然るべしと存じ候。『われひとりを悪者として勘当除籍、家郷追放の現在、いよいよわれのみをあしざまにののしり、それがために四方八方うまく治まり居る様子、』などのお言葉、おうらめしく存じあげ候。今しばし、お名あがり家ととのうたるのちは、御兄上様御姉上様、何条もってあしざまに申しましょうや。必ずその様の曲解、御無用に被存候。先日も、山木田様へお嫁ぎの菊子姉上様より、しんからのおなげき承り、私、芝居のようなれども、政岡の大役お引き受け申し、きらいのお方なれば、たとえ御主人筋にても、かほどの世話はごめんにて、私のみに非ず、菊子姉上様も、貴方のお世話のため、御嫁先の立場も困ることあるべしと存じられ候も、むりしての御奉仕ゆえ、本日かぎりよそからの借銭は必ず必ず思いとどまるよう、万やむを得ぬ場合は、当方へ御申越願度く、できる限りの御辛抱ねがいたく、このこと兄上様へ知れると小生の一大事につき、今回の所は小生一時御取替御用立申上候間、此の点お含み置かれるよう願上候。重ねて申しあげ候が、私とて、きらいのお方には、かれこれうるさく申し上げませぬ。このことをお含みの上、御養生、御自愛、願上候。青森県金木町、山形宗太。太宰治先生。末筆ながら、めでたき御越年、祈居候。」

（2）「晩年」。

（3）「晩年」の出版紀念会は、上野精養軒で行われた。
（4）太宰の従姉。太宰の作品「思い出」、「帰去来」等に書かれている、五所川原の叔母の娘。
（5）中畑氏の妻女。太宰が青森中学校に在学中、止宿していた青森市寺町の呉服商豊田太左衛門氏の娘。津島源右衛門氏の媒妁で、中畑氏はちゑ女と結婚した。
（6）豊田太左衛門氏。太宰は「青森」（「月刊東奥」昭和十六年一月号掲載、「もの思う葦」収録）という随筆に、豊田氏のことを、次のように書いている。
「青森には、四年いました。青森中学に通っていたのです。親戚の豊田様のお家に、ずっと世話になっていました。寺町の呉服屋の豊田様であります。豊田の、なくなった『お父さ』は、私にずいぶん力こぶを入れて何かとはげまして下さいました。私も、『おどさ』に、ずいぶん甘えていました。『おどさ』は、いい人でした。私が馬鹿な事ばかりやらかして、ちっとも立派な仕事をせぬうちになくなって、残念でなりません。もう五年、十年生きていてもらって、私が多少でもいい仕事をして、お父さんに喜んでもらいたかった、とそればかり思います。いま考えると『おどさ』の有難いところばかり思い出され、残念でなりません。私が中学校で少しでも佳い成績をとると、おどさは、世界中の誰よりも喜んで下さいました。」

25　小館善四郎宛

昭和十一年六月三十日千葉県船橋町五日市本宿千九百二十八番地より東京市杉

並区荻窪三丁目二百二番地慶山房アパート小館善四郎宛（はがき三枚つづき、その一枚は十五世市村羽左衛門の舞台写真絵葉書）[1]

①六月、ヒトツキ、一日モヤスムトコロナク、上京、口論、深夜、帰宅、バッタリ悪化、マクラカラ頭アゲルコトサへ、ユルサレズ。

②モウ、カラダ、危イコトナシ、安心セヨ、オ金ハ、アスオクリマス、「晩年」モ、送リマス、アカルキ一刻、ツクリタク、ケフ、ウザヱモン先生、シツパイノメェキヤップ、ゴランニイレマス、オムカヒノウチデレコオド、買ツタ、朝カラ夜マデ、一マイノレコオド。

③ソノオムカヒノレコオドニ曰ク、「ウタハ千両、サクラハ万両、トウキヨ音頭デ、シメヨジヤナイカ、ヨヨイノヨイ、ソレッ！　ヨウキニ、ヨウキニ」私、ハヅカシサノアマリ、死ニソウデス。カナヒマセヌ。一笑然ルベシ。

〔註〕

（1）肉弾三勇士の一人に扮した、羽左衛門の写真。

26 井伏鱒二宛

昭和十一年七月六日千葉県船橋町五日市本宿千九百二十八番地より東京市杉並区清水町二十四番地井伏鱒二宛

井伏さん「どういうことになっているのか伺います。」
太宰、沈思数刻顔あげ、誠実こめて「かなしきことになって居ります。」

井伏様　おハガキただいま拝誦いたし、くりかえしくりかえし、わが心の奥にも言い聞かせ眼が熱くなって、それから、はね起きて、れいの悪筆不文、お目の汚れにならぬよう、それでも一字、一字、懸命でございます。

被告の如き気持ちにて、この六月、完全にひと月間、二、三百のお金のことで、毎日、毎日、東京、テクテク歩きまわって、運の悪いことのみつづいて、死ぬること考え、己の無知の家人には、つとめて華やか、根も葉もなきそらごとのみ申しきかせ、死ぬる紀念に家人を連れて、同伴六年ぶり千葉市へあそびに行きました。

千葉のまちまちは、老萎のすがた、一つの見るべきもの無之、活動写真館へ、ラムネと水気なきナシとを買いいれてはいり、暗闇の中で大いに泣きました。

ときどき、ひとりで泣きます。男の「くやしなみだ」のほうが多く、たまには、「めそめそ」いたします、六月中、多くの人の居るまえで、声たてて泣いたこと二度。誠実のみ、愛情のみ、ふたつのこりました。わが誠実、わが愛情、これを触知し得ぬひと、二人、三人、われから離れ、われをののしり居ること、耳にはいり、神の子キリストの明敏、慈愛、献身を以ってしてさえ、なかなかにゆるされ得ぬ、かの審判の大権が、いま東京の一隅にて、しかも不敏、早合点にて用いられて居るらしいのがかなしく、すぐさま井伏さんへわが愚痴、聞いていただき度く、いつわりませぬ、三度書いては破り、書いては破りいたし、このわが手簡もむずかしく、かきはじめてきょうで五日目でございます。友人の陰口申したくなかったからです。御明察ねがいます。

井伏さんからは、お手紙の不許可掲載(1)については、どのような御叱正をも、かえってありがたく、私、内心うれしくお受けするつもりでございました、けれども他の四、五人の審判の被告にはなりたくございませぬ。

「文學界」の小説(2)の中の、さまざまの手簡、四分の三ほどは私の虚構、あと三十枚ほどは事実、それも、その御当人に傷つけること万々なきこと確信、その御当人の誠実、胸あたたかに友情うれしく思われたるお手紙だけを載せさせてもらいました。御当人一点のごめいわくなしと確信して居ります。真実にまで切迫し、その言々尊く、生き行かん意慾、懸命の叫びにこもれるお手紙だけを載せさせてもらいました。

私は、今からだを損じて寝ています。けれども、死にたくございませぬ。未だちっとも仕事らしいもの残さず、四十歳ごろ辛(かろう)じて、どうにか恥かしからぬもの書き得る気持ちで、切実、四十まで生きたく存じます。

　タバコやめました。注射きれいにやめました。酒もやめました。ウソでございません。生き伸びるために、誠実、赤手、全裸、不義理の借銭ございますが、これは国の兄へ、かえしていただくようたのみ、明日お金着いて皆へ返却申す筈でございます。死なずに生きて行くために、友人すべて許して呉れることと存じます。私ひとり、とがめられ罰せられます。私の心いたらず、私の文いたらぬ故と、夜々おのれを攻めて居ります。（十夜に一夜は、わが身ふびんに思うことございます。）

　近日、おわびに参上いたします。「武者(むしゃ)ひとり叱られてゐる土用干(どようぼし)。」という川柳思い出し、なつかしく微笑。子供が土用干の家宝(かほう)のかぶとかぶって母に叱られ泣いている図。むかしのままの私です。まごまご、吃咄。迂愚のすがた。

　夾竹桃(3)咲いているうちに、いちどおいで下さい。（伊馬(4)兄も。）成田山、中山の鬼子母神さますぐ近く、慶ちゃま(5)、ばば様、奥様、みんなおいで下さってもちっとも困らず、生涯たのしき思い出になります。

　おねがいいたします。ヒナ子ちゃん(6)、大ちゃん(7)、ずいぶん伸びたことと、お目にかかる日、たのしみでございます。

言ってしまったら、からっとして、もう、みんな飛散消滅、なにも、のこらず、ただ深き蒼空のみ。誠実一路

修　治　拝

井伏鱒二様

追伸　出版紀念会すべて本屋に一任いたしました。

〔註〕

（1）「虚構の春」には、井伏氏の手紙が二通挿入してある。

（2）「虚構の春」

（3）船橋の住居の玄関に、太宰は自分で夾竹桃を植えた。敗戦後の執筆になる「十五年間」（「文化展望」昭和二十一年四月号）という作品の中で、太宰は船橋の家のことを、このように云っている。

「――以上挙げた二十五箇所の中で、私には千葉県船橋町の家が最も愛着が深かった。私はそこで、『ダス・ゲマイネ』というのや、また『虚構の春』などという作品を書いた。どうしてもその家から引上げなければならなくなった日に、私は、たのむ！　もう一晩この家に寝かせて下さい、玄関の夾竹桃も僕が植えたのだ、庭の青桐も僕が植えたのだ、と或る人にたのんで手放しで泣いてしまったのを忘れていない。」船橋の家は現存しているそうである。

（4）伊馬鵜平（春部）氏。

（5） 圭介。井伏氏の長男。
（6） 井伏氏の長女。
（7） 井伏氏の次男。

27 小館善四郎宛

昭和十一年八月十二日群馬県水上村谷川温泉川久保方[1]より青森市浪打六百二十番地小館善四郎宛

謹啓。

七日から、こちらへ来ています。丈夫になろうと存じ、苦しく、それでも、人類最高の苦しみ、くぐり抜けて、肺病もとにかく、おさえて、それから下山するつもりです。一日一円なにがし、半ば自炊、まずしく不自由、蚤がもっとも、苦しく存じます。中毒も、一日一日苦痛うすらぎ、山の険しい霊気に打たれて、蜻蛉すら、かげうすく、はらはら幽霊みたいに飛んでいます。芥川賞の打撃[2]、わけわからず、問い合せ中でございます。かんにんならぬものございます。女のくさったような文壇人、いやになりました。

「創生記」(3)愛は惜しみなく奪う。世界文学に不抜孤高の古典ひとつ加え得る信念でございます。貞一兄(4)、京姉、母上、によろしく。

〔註〕

岩田栄（童林社）の「少年」の絵の写真版（雑誌の切り抜き）同封しありて、「全く無名の者なれども、見るべきものございます。兄の感想ぜひとも一言、ききたく存じます。」と記しあり。

（1）　太宰は難症のパビナール中毒をなおすために、ここに来た。妻もきて滞在していたこともあった。老夫婦の経営していた、素人下宿のような宿屋であった。このひと夏のことは、「姥捨」（「新潮」昭和十三年九月号）と「俗天使」（「新潮」昭和十五年一月号）に書かれてある。

（2）　「晩年」が第三回の芥川賞の候補に推薦されたが、落選した。ちなみに受賞作は、小田嶽夫氏の「城外」、富沢有為男氏の「地中海」であった。太宰はこの地で、新聞の芥川賞の記事を読んで、打撃をうけたようである。

（3）　この年、「新潮」十月号に発表した小説。太宰は谷川温泉に滞在中に、この作品を執筆したようである。

（4）　小館家の長兄。太宰の姉京の夫。

28 小館善四郎宛

昭和十一年八月二十二日群馬県水上村谷川温泉川久保方より青森市浪打六百二十番地小館善四郎宛

この地には、私、ひとり、「作品」と「文藝汎論(1)」二年越しの約束の小品、五、六枚、二つ書いています。

月末ちかくまでいます。すぐ、遊びに来たまえ。一日でも早いほどよし。上越線水上(みなかみ)駅下車、それからバスで、谷川温泉、すぐだ。

君、来るなら、電報で、知らせ、たのむ。この温泉から、日光へ、すぐ抜けられるから、一緒に、滝と東照宮拝し、飛島定城一泊は如何(2)?

芥川賞、菊池寛の反対らしい。とうとう極点まで掘って掘って、突き当った感じ、もちろん、以後、菊池寛研究三昧。

婦人画報社の「奥の奥(3)」なるものより、おかしな註文来た。どんなものかね？ へんだね。

大日本雄弁会講談社から、私の身元調査に来た。身長、本籍、学歴、その他一切、作品の果まで。おかしな奴だね。

十月号（九月十日発行）若草「喝采」新潮「創生記」東陽[4]「狂言の神」
ついに、中央公論執筆。[5]しかも二本だて、とか。一本だて。百枚以上。
十月一ぱいで仕上げの約束。「浪曼歌留多[6]」という題、如何？

別紙の絵ハガキの画を、よく、ごらん下さい。どこが致命的の愚劣であるか、ご存じですか？　感受性も豊か、画品も高く、それに何よりも懐しいリリシズムございます。けれども、さっぱり手ごたえなく、列車窓外の風景ほどにも、押して来ないのは、この作家、対象を甘く見ています、ナメています、おそらくは、よい育ちのゆたかのお金持ちにちがいございません。「自然」は、きびしいものです。対象とルウズの馴合、あぶない、あぶない。口笛吹きながら、頭を軽快に左右に振りながらリズムに乗り、たのしく、まず、きょうは、ここまで、など、ひとりたのしければ、よし、との心境ならば、われら又なにをか言おう、粛然たる賛意表します。けれども慾の深造、後年のこり巨匠たる栄誉は、その心境の新人には、あげられぬ。口笛の態度は、私も君も、ともに祈念理想の境地なれども、こは、七十歳のシャヴンヌにして、はじめて許されるものと知り玉え。

〔註〕
（1）岩佐東一郎氏編輯の文芸雑誌。「作品」にも、「文藝汎論」にも、小品は掲載されていない。書かれなかったのではなかろうか。
（2）この頃、飛島氏は宇都宮支局長に転任していた。
（3）太宰の作品「二十世紀旗手」（「改造」昭和十二年一月号）に、「秘中の秘」なる雑誌から、現代学生気質というテーマで、東京帝国大学の学生生活を書いて欲しいという依頼があったが、折角書いた原稿が不採用になったことが書いてある。そしてその原稿らしきものの断片が遺稿としてのこっている。この「奥の奥」の註文が、あるいはそれではなかろうか。
（4）富沢有為男氏編輯の美術雑誌。「狂言の神」が「東陽」に掲載されるに至った経緯は、佐藤春夫氏の「芥川賞」（「改造」昭和十一年十一月号、「文藝」昭和二十八年十二月号再掲）にくわしい。
（5）この仕事は、その後の入院のことなどもあって完成されなかったようである。ちなみに太宰が「中央公論」に初めて発表した作品は、「駈込み訴え」（昭和十五年二月号）である。
（6）昭和十四年四月号の「文藝」に発表した「懶惰の歌留多」は、このとき書きかけたものに手を加えたものであろう。

この宿を引き上げたときのことを、太宰は「俗天使」の中に次のように書いている。

「水上でも、病気をなおすことができず、私は、夏のおわり、水上の宿を引きあげた。宿を出て、バスに乗り、振り向くと、娘さんが、少し笑って私を見送り急にぐしゃと泣いた。娘さんは、隣りの宿屋に、病身らしい小学校二、三年生くらいの弟と一緒に湯治しているのである。私の部屋の窓から、その隣りの宿の、娘さんの部屋が見えて、お互い朝夕、顔を見合せていたのであるが、どっちも挨拶したことは無し、知らん振りであった。当時、私は朝から晩まで、借銭申し込みの手紙ばかり書いていた。いまだって、私はちっとも正直では無いが、あのころは半狂乱で、かなしい一時のがれの嘘ばかり言い散らしていた。呼吸して生きていることに疲れて、窓から顔を出すと、隣りの宿の娘さんは、部屋のカアテンを颯っと癇癖らしく閉めて、私の視線を切断することさえあった。バスに乗って、ふりむくと、娘さんは隣りの宿の門口に首筋ちぢめて立っていたが、そのときはじめて私に笑いかけ、そのまま泣いた。だんだんお客たち、帰ってしまう。という抽象的な悲しみに、急激に襲われたためだと思う。特に私を選んで泣いたのでは無いと、わかっていながら、それでも、強く私は胸を突かれた。もう少し、親しくして置けばよかったと思った。」

29 井伏鱒二宛

昭和十一年九月十九日千葉県船橋町五日市本宿千九百二十八番地より東京市杉並区清水町二十四番地井伏鱒二宛

幸福は一夜おくれて来る。

おそろしきはおだてに乗らぬ男。飾らぬ女。雨の巷。

私の悪いとこは「現状よりも誇張して悲鳴あげる。」と或る人申しました。苦悩高いほど尊いなど間違いと存じます。私、着飾ることはございましたが、現状の悲惨誇張して、どうのこうの、そんなものじゃないと思います。プライドのために仕事したことございませぬ。誰かひとり幸福にしてあげたくて。

私、世の中を、いや四五の仲間をにぎやかに派手にするために、しし食ったふりをして、そうして、しし食ったむくい、苛烈のむくい受けています。食わないししのために。

こんな紙を変えたりなど、こんなこと、必要から私行ったのに、「悲惨をてらう」など実例にされるのではないかしら。

五年、十年後、死後のことも思い、一言意識しながらのいつわり申したことございませぬ。

ドンキホーテ。ふまれても、蹴られても、どこかに小さい、ささやかな痩せた「青い鳥」いると、信じて、どうしても、傷ついた理想、捨てられませぬ。

小説かきたくて、うずうずしていながら、註文ない、およそ信じられぬ現実。「裏の裏」[1]などの註文、まさしく慈雨の思い、かいて、幾度となくむだ足、そうして原稿つきかえされた。

ひと一人、みとめられることの大事業なることを思い、今宵、千万の思い、黙して井伏様のお手紙抱いて臥します。

昨夜、私上京中に、わがや泥棒はいりました。ぶどう酒一本ぬすんだきりで、それも、そのぶどう酒半分のこして帰ったとか、きょう、どろの足跡、親密の思いで眺めています。

十月入院、[2]たいてい確定して医師は二年なら、全快保証するとのこと。私、その医者の言を信じています。

信じて下さい。

自殺して、「それくらいのことだったら、なんとかちょっと耳打ちしてくれたら、」という、あの残念のこしたくなく、そのちょっとの耳打ちの言葉、

このごろの私の言葉はすべてそのつもりなのでございます。

〔註〕

（1）井伏鱒二氏の「太宰治集」の解説には、この手紙が引用してあり、「朝日新聞に書いた随筆。」と註がしてある。

（2）太宰には、正木不如丘氏が経営する富士見療養所で、サナトリアム生活をして、呼吸器の疾患をなおしたい気持があったようである。

30 井伏節代[1]宛

昭和十一年九月三十日千葉県船橋町五日市本宿千九百二十八番地より東京市杉並区清水町二十四番地井伏節代宛（はがき）

こんなハガキで、おゆるし下さい。
井伏さんと佐藤さんさえ私を変らず好いて下さって、そうして、お逢(あい)しても、お叱りなさらないならば、私、どんな苦しさも忍んで、生きて行けます。ほんとに。私、無力で弱いから、なんにもお礼できませぬ、せめて、胸いっぱいの思い、どうにかして「言葉」で巧く、お礼、言いあらわして、お耳にいれるより他、なんにもできず、その言葉も、いまは、悲しみつよく、なにも、ひとつを取りたてて、言えなくなってしまいました。時々刻々、歩一歩、すべて、お礼の心。なんにも言えず、さよなら。温泉へ行ってかえって悪く、仕事整理して、お金出来次第、入院二、三年して来ます。

〔註〕

（1）　井伏氏夫人。

31　今　官一宛

昭和十一年十月四日千葉県船橋町五日市本宿千九百二十八番地より東京市世田谷区北沢三丁目九百三十五番地今官一宛

きみを、ほめたたえぬ日なし。

不忍池の会のあと、誰とでも、私語交わさず、面接いちども、なかった。三月間（みつき）、たった八通（はっつう）しか手紙来ない。

三人三通のたより、あって、まさしく、真珠なのだ。

この三通の手紙は、百千の、取り巻的（とりまき）、無責任の花辞にまさること、万万、その中、一通は、今君、君のハガキだ。

ぼくを役立たせて下さい。

十一月末までに、借銭と仕事すこし整理して、それから、満二ヶ年の予定で、サナトリアム生活はじめる。

山上垂訓の、ツァラツストラ気取ってまた血を吐いた。

船橋も、あとひとつき。

入院出発の前夜、自殺しそうでかなわぬ。その夜、すこしでも、にぎやかにしていただきたく、佐藤（さとう）先生、井伏先生はじめ、ほんと内輪（うちわ）で、お茶の一夜、私の家で行いたく、その夜は、奥さん、キリ子ちゃん[1]、みな様そろって、キット、来て呉れ、奥様へ御伝言下さい。「女中みつかりました。女房は東京の知人のもとにあずけて、私ひとり入院することにたいていきまっています。たまに遊んでやって下さい。女房、いろいろ行李の整理をはじめています。」

君を信じ、敬う、たった一人の、のこされた、光栄の、硬骨の男。

太宰治

今官一学兄

昭和十一年十月四日

〔註〕

（1）今氏の長女。

この手紙の日附から十日後の、十月十三日に、太宰は板橋江古田の武蔵野病院に入院した。パビナール中毒をなおすためであった。

新潮社発行「太宰治集」の井伏氏の解説には、このときのことが次のように書かれてある。「私が太宰君の中毒について実相を知ったのは、昭和十一年十月七日であった。私の書きとめた『太宰治に関する日記』という備忘録のうち、『後日のためと題すべし』という章に、私は次のように記している。

『十月七日——太宰治夫人初代さん来訪。太宰君がパビナール中毒にて一日に三十本乃至四十本注射する由、郷里の家兄津島文治氏に報告し至急入院させたき意向なりと云う。太宰の注射回数は多量のときは五十数本にも及ぶ由、一回に一本にては反応なく、すくなくも一回四五本注射の必要ありと云う。今日までその事実を秘密にせし所以は解し難しと小生反問す。初代さん答えて曰く、太宰はもう二三日待て、もう二三日待て、俺のからだの始末は俺がするとて今日に及び、この始末なりと。小生、入院の件に賛成す。』（以下、略）（中略）太宰君は院長の診察を受け、絶対入院の必要ありと診断され、入院申込書にサインして爪印を捺した。私も保証人として名前を書き、爪印を捺した。病室に太宰君ひとり残して私たちは引きとって来たが、残酷なことをしたような気持が圧倒的で、酒でも飲もうと新宿の樽平で北さん（小山註——北芳四郎氏。太宰の父源右衛門氏に世話になった人。洋服商。五反田下大崎住。）と飲んだ。しかし入院させなければ死んでしまう。院長は、枯れた黍がらのようになるのですと云っていた。

太宰君が入院して二日目に、病院長から北さんへ電話をかけて来た。患者太宰治は自殺のおそれがある。監禁室に移し、看視人をつける必要がある。故に、諒解してくれという電話である。北さんがそれを知らせに来てくれた。入院六日目に、中毒が次第に薄らいで全快保証すると院長が診断した。（中略）入院十五日目に、初代さんが太宰君宛に来た手紙を二つ持って相談に来た。新潮社と改造社から来た手紙で、いずれも新年号に載せる太宰君の小説を依頼して来たものである。新潮社依頼の原稿は、太宰君が十一月十二日に退院してから書いた。荻窪のアパートに三日いて、天沼衛生病院裏手の大工さんの二階八畳間に移り、十二月上旬、熱海に転地するまでの短かい期間に書いた。これは『新潮』の四月号に載った新作の『Human Lost』で、入院中の生々しい記録である。改造社依頼の原稿も送った。これは翌年『改造』の一月号に載った『二十世紀旗手』で、文藝春秋社に持ち込んであった原稿に手を入れたものである。いずれも好評であった。」

太宰は病院に丁度一ヶ月入院していた。「Human Lost」は入院中の日記の体裁になっている。

32 小館善四郎宛

昭和十一年十一月二十九日静岡県熱海より[1]青森県浅虫温泉小館別荘小館善四郎宛（はがき、横書、朱麟堂の署名）

寝間の窓から、羅馬の燃上を凝視して、ネロは、黙した。一切の表情の放棄である。美妓の巧笑に接して、だまっていた。緑酒を捧持されて、ぼんやりしていた。かのアルプス山頂、旗焼くけむりの陰なる大敗将の沈黙の胸を思うよ。一嚙の歯には、一嚙の歯を。一杯のミルクには、一杯のミルク。（誰のせいでもない。）[2]

「傷心。」

川沿ひの路をのぼれば
赤き橋、また　ゆきゆけば
人の家かな。[3]

〔註〕

（1）　井伏氏の解説によると、太宰が熱海に転地したのは十二月上旬になっているが、この手紙の日附を見ると、その前にも、熱海へ出かけていたようである。

（2）　この手紙の文章は、末尾の和歌を除いて、全文、「Human Lost」の十一月三日の項に、一字一句そのまま記してある。既に、「Human Lost」は書き終えていたのであろう。

（3）　太宰が酔ったとき、よく揮毫する歌の一つにこれがあった。この歌はこのとき作ったのかも知れない。

　この年、太宰が発表した作品は、「めくら草紙」、「陰火」、「雌について」、「虚構の春」、「狂言の神」、「創生記」、「喝采」等である。なお、第一創作集「晩年」が出版された。

　太宰は「晩年」を、先輩、友人にそれぞれ心をこめた献呈の言葉を書いて贈った。その中の

いくつかをしるせば、
豊島與志雄氏へ
ツネニ、ワガ心ノ一隅、暗鬱ノカゲ、キミノカゲラシ。
石上玄一郎氏へ
君を訪い、思う事あり、蚊帳に哭く。
今官一氏へ
誠実、花咲いては愛情、仕事に在りては敬意、燃えては青春、夜、夜、もの思うては鞭、誠実、このぎりぎりの一単位のみ跡に残った。
川端康成氏へ
月下の老婆が「人になりたや」酔いもせず。
檀一雄氏へ
生くることにも心せき、感ずることも急がるる。
伊馬鵜平氏へ
佐藤さんからは温かく大いなるギリシャ王道を、井伏さんからは厳酷恐恐のスパルタ訓練を、而して伊馬さんからは人間本来の孤独の姿を。
亀井勝一郎氏へ
朝日を浴びて赤いリンゴの皮をむいている、ああ、僕にもこんな一刻。
中村地平氏へ
みんな、みんな、やさしかったよ。

翌昭和十二年三月、太宰は妻と共に、前年ひと夏を過した水上温泉に行き、死を図ったが、未遂に終った。この経緯は、「姥捨」、「東京八景」にくわしい。帰京後、太宰は妻と離別し、六月、天沼の鎌滝という下宿に移った。

33　中畑慶吉宛

昭和十二年六月二十三日東京市杉並区天沼一丁目二百十三番地鎌滝方より青森県五所川原町旭町中畑慶吉宛（はがき）

拝啓
このたびは色々とごめんどうをおかけいたし、しんから有難く存じて居ります。先日、初代の叔父さんと逢い万事円滑に話がついて、初代は碧雲荘[1]の諸道具整理にかかっています。私は一昨日、表記の下宿に引越し、仕事にかかっています。机とふとん一組の至極さっぱりした世帯になりました。御好志に甘えることおゆるし下されば、夏ものと兵古帯、井伏様まで御密送、如何？

〔註〕
（1）　それまで太宰夫妻が住まっていた、天沼三丁目のアパート。

34　平岡敏男[1]宛

昭和十二年七月二十二日東京市杉並区天沼一丁目二百十三番地鎌滝方より東京市麹町区有楽町東京日日新聞経済部平岡敏男宛（はがき）

拝啓　その後ごぶさた申しています。義理わるくどこも拝眉の勇気が出ず、しつれい申しています。おゆるし下さい。こんど版画荘というところから、パンフレット式の小さい本[2]が出てわずかですが、印税をもらえるそうですし、このあいだからかかっていた小説も、やっと仕上りまして、これをもお金にするつもりでございます。
今月は、初代が、いよいよ、くにの母のもとに帰ってしまい、私は夜具一そろい、机、行り一つ、にて下宿屋にうつり、あとの家財道具すべて初代にやって、せん別も卅円、少いけれども、私ひとりの力では、とてもそれ以上できぬ有様ですから、そんな、わびしい別れかたをいたしました。上田君[3]には、くれぐれもよろしくお伝え下さい。来月の十日ごろまでには、きっと都合つけます。

〔註〕
（1）弘前高等学校時代の太宰の先輩。現在、毎日新聞論説委員。
（2）単行本「二十世紀旗手」（昭和十二年七月版画荘刊）
（3）上田重彦（石上玄一郎）氏。石上氏は太宰と同じく昭和二年に弘前高校に入学し、石上氏は文科乙類（独逸語専攻の級）、太宰は文科甲類（英語専攻の級）であった。石上氏はまた弘前高校時代、太宰が出していた同人誌「細胞文藝」の同人でもあった。パビナール中毒の頃、太宰は平岡氏を通じて石上氏から借金をしたようである。

35　中畑慶吉宛

昭和十二年九月二十五日東京市杉並区天沼一丁目二百十三番地鎌滝方より青森県五所川原町旭町中畑慶吉宛

拝啓
一日一日涼しく相成り、このぶんでは、故郷のほうは、もう紅葉がはじまっていることと存じます。みなさま、お変りございませぬか、私もだんだん下宿生活に馴れて、のんきに暮して居りますゆえ、他事ながら御安心下さい。

先日はわざわざお寄り下され、恐縮して居ります。またセルや毛布、早速御恵送、ほんとうに感謝して居ります。着物の柄も、気にいって、大よろこびなのです。おかげさまで、よい秋を迎えることができました。

ただいま「新潮」の小説に苦労して居ります。さきに二十五枚の短篇をやっとこさ仕上げて、新潮社にとどけたところ、編輯者のほうでは、「太宰は病気中少し評判落しているから、病気全快後の作品は、うんと力作にしていただきたい、大いに名誉恢復させてやりたいから、枚数も、四十枚でも五十枚でも何枚でもいいから、もっと力作を」と親切に言って呉れるので、私も、好意に発奮して、一つ、五十牧くらいの中篇傑作を、と大いに苦労している次第なのです。なるべく今月一杯で完成させるつもりでございますが、まえの二十五枚のあてにしていた稿料ふいになって、少し下宿料や何かの払いに心細いところができてしまいました。来月十日までに二十円ほど都合できましたならば、何卒おたすけ願いあげます。これは、いまの五十枚完成して稿料もらったら、お返しできるかも知れませせぬ。こんなことは、以後ございませせぬ。あくまでも真面目のお願いでございます。悪用するお金でございませせぬゆえ、その点は全く御安心なさいませ、ごめいわくおかけすること万々なきこと、確信申しあげます。

修治敬具

末筆ながら、奥様はじめ皆々様によろしく。

こんど「二十世紀旗手」という小さい短篇小説集を出版いたしました。近日、お送りいたしましょう。

〔註〕

（1）「そのころ中畑さんは月に一回ずつ上京して、北さんという人といっしょに太宰の下宿へ見まわりに来る慣わしであった。」と井伏氏は「鎌滝のころ」というサブタイトルのある、「亡友」（井伏鱒二選集第七巻「牡丹の花」収録）という随筆に書いている。

この年、発表した作品は、「二十世紀旗手」、「Human Lost」、「燈籠」（昭和十二年十月号「若草」）の三篇である。ほかに、単行本「虚構の彷徨」（昭和十二年六月新潮社刊）と「二十世紀旗手」が出版された。

「太宰治集」の井伏氏の解説には、鎌滝という下宿屋のことが、次のように書かれている。「太宰君は、西陽のさしこむ二階の部屋にいた。その部屋には、机一つと、電気スタンドと、万年床があるだけで、いつ行っても二三人の客がいた。昼間でも寝床にはいっている客もあった。初代さんと別れるとき、世帯道具の一さいを彼女に提供し、家具類いっさい無くなったのである。床の間に置く仏像（小山註――生前、美術学校の塑像科に学んでいた、太宰の亡兄圭治氏の作になるもの）も押入れに引込めて、荒涼の感じを徹底させようとしている悲痛なる意中が察しられた。」

家郷からの送金は、船橋の住居を引き払って以来は、中畑氏から井伏氏の許に送られて、井伏氏の手から太宰に渡されるようになっていた。

太宰はこの下宿に、翌昭和十三年の九月中旬までいた。太宰は「東京八景」の中で、この時期のことを、次のように書いている。

「私たちは、とうとう別れた。Hを此の上ひきとめる勇気が私に無かった。捨てたと言われてもよい。人道主義とやらの虚勢で、我慢を装ってみても、その後の日々の醜悪な地獄が明確に見えているような気がした。Hは、ひとりで、田舎の母親の許へ帰って行った。洋画家の消息は、わからなかった。私は、ひとりアパートに残って自炊の生活をはじめた。焼酎を飲む事を覚えた。歯がぼろぼろに欠けて来た。私は、いやしい顔になった。私は、アパートの近くの下宿に移った。最下等の下宿屋であった。私は、それが自分に、ふさわしいと思った。これが、この世の見おさめと、門辺(かどべ)に立てば月かげや、枯野は走り、松は佇む。私は、下宿の四畳半で、ひとりで酒を飲み、酔っては下宿を出て、下宿の門柱に寄りかかり、そんな出鱈目な歌を、小声で呟いている事が多かった。二、三の共に離れがたい親友の他には、誰も私を相手にしなかった。私が世の中から、どんなに見られているのか、少しずつ私にも、わかって来た。私は無智驕慢の無頼漢、または白痴、または下等狡猾の好色漢、にせ天才の詐欺師、ぜいたく三昧の暮しをして、金につまると狂言自殺をして田舎の親たちを、おどかす。貞淑の妻を、犬か猫のように虐待して、とうとう之を追い出した。その他、様々の伝説が嘲笑、嫌悪、憤怒を以て世人に語られ、私は全く葬り去られ、癈人の待遇を受けていたのである。私は、それに気が附き、下宿から一歩も外に出たくなくなった。酒の無い夜は、塩せんべいを齧りながら探偵小説を読むのが、幽かに楽しかった。雑誌社からも新聞社からも、原稿の注文は何も無い。また何も書きたくなかった。書けなかった。けれども、あの病気中の借銭に就いては、誰もそれを催促する人は無かったが、私は夜の夢の中でさえ苦しんだ。私は、もう三十歳になっていた。

何の転機で、そうなったろう。私は、生きなければならぬと思った。故郷の家の不幸が、私にその当然の力を与えたのか。長兄が代議士に当選して、その直後に選挙違犯で起訴された。私は長兄の厳しい人格を畏敬している。周囲に悪い者がいたのに違いない。姉が死んだ。甥が死んだ。従弟が死んだ。私は、それらを風聞に依って知った。早くから、故郷の人たちとは、すべて音信不通になっていたのである。相続く故郷の不幸が、寝そべっている私の上半身を、少しずつ起してくれた。私は、故郷の家の大きさに、はにかんでいたのだ。金持の子というハンデキャップに、やけくそを起していたのだ。不当に恵まれているという、いやな恐怖感が、幼時から、私を卑屈にし、厭世的にしていた。金持の子供は金持の子供らしく大地獄に落ちなければならぬという信仰を持っていた。逃げるのは卑怯だ。立派に、悪業の子として死にたいと努めた。けれども、一夜、気が附いてみると、私は金持の子どころか、着て出る着物さえ無い賤民であった。故郷からの仕送りの金も、ことし一年で切れる筈だ。既に戸籍は、分けられて在る。しかも私の生まれて育った故郷の家も、いまは不仕合わせの底にある。もはや、私には人に恐縮しなければならぬような生得の特権が、何も無い。かえって、マイナスだけである。その自覚と、もう一つ。下宿の一室に、死ぬる気魄も失って寝ころんでいる間に、私のからだが不思議にめきめき頑健になって来たという事実をも、大いに重要な一因として挙げなければならぬ。なお又、年齢、戦争、歴史観の動揺、怠惰への嫌悪、文学への謙虚、神は在る、などといろいろ挙げる事も出来るであろうが、人の転機の説明は、どうも何だか空々しい。その説明が、ぎりぎりに正確を期したものであっても、それでも必ずどこかに嘘の間隙が匂っているものだ。人は、いつも、こう考えたりそう思ったりして行路を選んでいるものでは無いからでもあろう。多くの場合、人はいつのまにか、ちがう野原を歩いている。

私は、その三十歳の初夏、はじめて本気に、文筆生活を志願した。思えば、晩い志願であった。私は下宿の、何一つ道具らしい物の無い四畳半の部屋で、懸命に書いた。下宿の夕飯がお櫃に残れば、それでこっそり握りめしを作って置いて深夜の仕事の空腹に備えた。こんどは、遺書として書くのではなかった。生きて行く為に、書いたのだ。一先輩は、私を励ましてくれた。世人がこぞって私を憎み嘲笑していても、その先輩作家だけは、始終かわらず私の人間をひそかに支持して下さった。私は、その貴い信頼にも報いなければならぬ。」

36 井伏鱒二宛

昭和十三年八月十一日東京市杉並区天沼一丁目二百十三番地鎌滝方より山梨県南都留郡河口村御坂峠上天下茶屋井伏鱒二宛[1]

謹啓

こちらも二、三日まえから少しずつ暑くなってまいりました。そちらは、いかがでございましょうか。

　ごゆっくり御静養と清純のお仕事と、祈って居ります。お留守のあいだ、ついちかくにいながら、なんのお役にも立たず、みっともなく思って居ります。何か、東京でのご用がございましたら、御いいつけ下さい。

　私は、毎日、少しずつ小説書きすすめて居ります。もう二、三日でいま書いている小説書きあがる筈で、これを新潮に送り、それからすぐ、文藝春秋に送るのを書こうと存じて居ります。リアルな私小説は、もうとうぶん書きたくなくなりました。フィクションの、あかるい題材をのみ選ぶつもりでございます。

　こんどのお嫁のお話は、私は、そのお話だけで、お情どんなにかありがたく、いままで経験したこともなかったあたたかい世間をみせていただいたような気がいたし、もう、井伏さんのお言葉だけで、私は、充分に存じなければなりませぬ。私ごときに、ごめんどう見て下さってもうどんなにか恐縮か存じませせぬ。決して、卑屈になっているわけではございません。いつもいつも、お手数おかけいたし、もったいなくてならぬのです。ごめんどうおかけして、お仕事のさまたげ、ばかりして、どうしていいかわかりませぬ。小説が、どんどん売れて偉くなれたら、よいのですが、心持ちにむらがあって心細く、とにかく下手な小説でも書いているよりほかございません。お嫁のお話も、決してお仕事のさまたげにならぬよう、祈って居ります。そのために、井伏さんがいらいらなさったりなどすることがございますと、私は、どうしていいかわかりません。私は、自分の幸福に、そんな慾深ではございませぬ故、どうか軽い御態度で、必ず片手間にそのお話なさいますよう、お願いいたします。もう私としては、井伏さんのそのお言葉だけで、ありがたく、感奮して居るのです。このお嫁のお話のことの成否は、私、ちっとも気にせず、仕事をつづけて行きますから、それは固くお約束いたしますから、何卒、井伏さんも気軽くかまえておいで下さいまし。

てれくさいことを申しあげました。私も九月になったら少しお金も浮びますゆえ、甲州へお伺いしようかなど考えて居りますが、あまり、はっきりは、わかりませぬ。どうも、やりくりが下手で自分ながら腹立たしくなります。けれども、この秋には、なんとかして生活の改善を断行するつもりで居ります。

くどくど申しあげてごめん下さい。こんどは、うんと快活なおたより申しあげるつもりでございます。

ゆっくり御静養のほど、重ねてお祈り申しあげます。

太宰治

井伏様

〔註〕

（1）　この年、井伏氏はひと夏をここに滞在して過ごした。

（2）　「姥捨」

（3）　この頃、北氏と中畑氏は、太宰に再び妻帯させようとした。家庭を持たせないと、生活が崩れてきてまたパビナールを注射するおそれがあると懸念したのである。そして太宰は配偶者を見つけるために、新宿へカフェー通いをした。けれども、太宰はさっぱりもてなかったようである。そこに偶々縁談があった。井伏氏の随筆「亡友」には、次のように書かれている。

「（前略）ところが、甲府の斎藤さんという人の奥さんが、令嬢の縁談がまとまったので仲人になってくれと云って来た。私は辞退した。ほかの人を推薦した。そのときの四方山ばなしの一つとして、（中略）太宰が新宿の女給に問題にされなかった話もした。斎藤さんの奥さんは、いまどき珍ずらしい浪曼的な話だと云って、半分も本当にしていない風であった。ところが奥さんは郷里の甲府に帰ってから、耳よりな話があったと云って写真を送ってよこした。奥さんの女学校時代の友人のうちに四人の令嬢がある。三番目の令嬢を、先日お話しの太宰さんという若い作家のお嫁さんにお世話をして差上げたい。本人はおとなしくて賢い人である。もし話がうまく運んだら、自分たち夫婦で媒酌してもいいという手紙であった。私は中畑さんにこのことを報告した。何ぶんともよろしく頼むという返事が来た。

　私は（中略）太宰が来たとき何も云わないで、封のまま写真を手渡した。太宰は何も云わないでそれを持ち帰った。それから一週間たち二週間しても、太宰は写真について何も云わなかった。私もきこうとしなかった。一箇月ばかりたってから、私は旅行に出て御坂峠頂上の茶店に滞在した。一週間か二週間の予定であったのが四十日あまりいた。その間に、たびたび太宰に手紙を出して、この山の上に来て私と入れ代りにここに下宿したらどうかと勧誘した。」

37 井伏鱒二宛

昭和十三年九月二日東京市杉並区天沼一丁目二百十三番地鎌滝方より山梨県南都留郡河口村御坂峠上天下茶屋井伏鱒二宛

拝啓
お絵葉書ただいまいただきました。女のひとの心事を思い、苦笑いたしました。むりもないことと存じます。やはり甲州の女は、——。私は、今日在ることをちゃんと覚悟していたのですから、光風霽月です。負けおしみでないんです。だから、井伏さんも、このこと以後あっさり、光風霽月たのみいります。いろいろお世話にばかりなって、言葉がございません。
お家では、皆様お達者にてお変り無き御模様です。私は、新潮に三十八枚送り、それから、先月末に四十枚、文藝春秋に送ろうと書き上げましたが、どうも多少、軽薄に過ぎあまりひどいところもあり、いままたはじめから書き直して居ります。十日頃までには、浄書してしまおうと思って居ります。

四、五日まえ、ひどく熱が出て、それに下痢もはじまったので、一時は、心配いたしましたが、熱は一昨日から下って、いまは、しぶり腹で、なやんでいます。大腸カタルと思います。それでこの四五日は仕事も休んで寝たきりです。
明日あたりから、仕事できると思います。何卒御休心下さい。たいへん痩せました。お言葉の如く「仕事で来い」よりほかに生きかたございませぬ。只いま、腹工合いくるしく、文章とびとびで相すみません。
そのうちゆっくり、また、おたより申し上げます。よきお仕事と、御健康、お祈り申します。

治

謹啓

38

北　芳四郎宛

昭和十三年九月十九日山梨県南都留郡河口村御坂峠上天下茶屋[1]より東京市品川区下大崎二丁目一番地北芳四郎宛

ごぶさた申して居ります。十三日よりこちらに来て、仕事して居ります。山の中の一軒屋で、仕事より他には、なにもすることございませぬ。井伏様が、ここに四十日ほど居られて仕事をなされ、今夕御帰京なさいました。お嫁のこと、先方で、いろいろこちらのことをしらべ、だいたいよいということになり、本日、井伏様と御一緒に、その家へまいり、井伏様は一足さきにおかえりになられ、私は、のこって、二、三時間、そこの家族のおかたたち皆と、話をいたしました。私としては、異存ございませぬ。(2)井伏様は、これからお仕事いそがしく「相方よいならば、あとおまえひとりでやれ。」と申して居りますが、私ひとりでは、何もできませぬゆえ、井伏様も、「あと北様へ、いろいろの手順をお願いしたほうがよろしかろう。」と申されます。井伏様にも、ほんとうに口で言い切れぬほど、たくさんお世話に相成り、この上、ごめいわくおかけするのも苦しく、何卒、北様に、あとは、おねがい申しあげます。井伏様にも、私、あとは北様にお願いいたしますから、と申しました。私ひとりでは、あとは、どうなることやら、たいへん心細く、心配でなりません。

何卒よろしくお願い申しあげます。井伏様は、もうおうちに居られますゆえ、おついでの折、お寄り下さいまして、いろいろお話いたし下されましたら、ほんとうに有難く存じられます。

私は、これから一ヶ月ほどは、ここに立てこもって仕事に精進するつもりでございます。こんどは、すべてに、一生懸命やるつもりでございますから、そのところは御安心、御信頼下さい。

まずは、取急ぎ御報告と御願いまで。

津島修治

北芳四郎様

尚、先方の住所は、山梨県甲府市水門町二十九石原氏です。中畑様へも、私から報告の手紙出しました。

〔註〕

(1) 九月十三日に、太宰は「姥捨」の原稿料を持って、ここに来た。「東京八景」には、「私はその原稿料を、むだに使わず、まず質屋から、よそ行きの着物を一まい受け出し、着飾って旅に出た。甲州の山である。さらに思いをあらたにして、長い小説にとりかかるつもりであった。」とある。

(2) この見合いのときのことを、太宰は「富嶽百景」(「文体」昭和十四年二、三月号)の中で、次のように書いている。

「その翌々日であったろうか、井伏氏は、御坂峠を引きあげることになって、私も甲府までおともした。甲府で私は、或る娘さんと見合することになっていた。井伏氏に連れられて甲府のまちはずれの、その娘さんのお家へお伺いした。井伏氏は、無雑作な登山服姿である。私は、角帯に、夏羽織を着ていた。娘さんの家のお庭には、薔薇がたくさん植えられていた。母堂に迎えられて客間に通され、挨拶して、そのうちに娘さんも出て来て、私は、娘さんの顔を見なかった。井伏氏と母堂とは、おとな同士の、よもやまの話をして、ふと、井伏氏が、『おや、富士。』と呟いて、私の背後の長押を見あげた。私も、からだを捻じ曲げて、うしろの長押を見上げた。富士山頂大噴火口の鳥瞰写真が、額縁にいれられて、かけられていた。まっしろい睡蓮の花に似ていた。私は、それを見とどけ、また、ゆっくりからだを捻じ戻すとき、娘さんを、ちらと見た。きめた。多少の困難があっても、このひとと結婚したいものだと思った。あの富士は、ありがたかった。」

39 井伏鱒二宛

昭和十三年九月十九日山梨県南都留郡河口村御坂峠上天下茶屋より東京市杉並区清水町二十四番地井伏鱒二宛

謹啓

先刻は、ほんとうにごめんどうおかけいたし、あれやこれや、御恩は、とても口では申されませぬ。

あれから、二ツ三ツ皆様とお話いたし、私は口が重く、一緒にかえればよかったと思いました。

私としては、異存ございませぬ。奥さん(1)に見ていただきたかったのでございますが、ほんとに、残念でございました。時間が無かったので、斎藤様へはお寄りできませんでした。それで、只今、そのおわびとそれからお礼の手紙したためました。私ひとりでは、別に異存なきことも書き添えました。

あとのこと、北様へ、私はお願いの手紙かきました。中畑様へも一緒に報告とお願いの手紙かきました。これから、どうしていいのか、自分でも見当つかず、とにかく中畑様と北様へ、たのみの手紙かきましたが、心細いところもございます。私にできますことは、ただ仕事していることで、とにかく仕事は、熱心にやるつもりでございます。

ひとりで、宿(2)でこうして手紙かいていると、なんだかかなしくなって、年甲斐もなく、わびしくなります。けれども、明朝からは、一意専心仕事に精進いたします。何卒、御休心下さい。奥さんにも、いろいろ御心配おかけして、とにかく、からだを大事にして仕事いたします故、どうぞよろしく御申伝えねがい上げます。不取敢、本日の御報告と、心からのお礼まで。のちほど、また、おたより申し上げます。

修　治　拝

井　伏　様

〔註〕
（1） 井伏夫人が、太宰より二、三日早く天下茶屋に来て滞在していて、見合いの日には、夫人は茶屋に残っていたのである。
（2） 太宰はこの日、見合いがすむと甲府の宿屋に一泊して、翌日、バスで御坂峠へ帰った。

40 中畑慶吉宛

昭和十三年九月二十五日山梨県南都留郡河口村御坂峠上天下茶屋より青森県五所川原町旭町中畑慶吉宛

拝啓
だんだん寒くなりました。ここは、五所川原よりも、ずっと寒いのではないか、と存じます。どてらを二枚かさねて、仕事して居ります。夜など、流石に苦しく思いますが、でも、生き抜くために、しのんで努力して居ります。お嫁の話、先方の娘さんは、私の創作集を読んで、私のことをみんな知って、そうして考えた末、縁あらばとつぎたいと申して居るのだそうで(1)、私としても、別に私の一身上のことについてはかくしだてする必要もなく、それならばと井伏さんと二人で見に行ったわけなのです。何卒よろしく、お願いいたします。尚、井伏さんは、以前は直接むこうの石原氏を知らなかったので、斎藤という人と知り合いで、この人が仲に立って紹介、世話して呉れたのでございます。斎藤氏は、甲府市の自動車会社の会計主任をして居られて、相当顔もひろいようで、私にも何かと親切にして下さいます。毎日、甲府市からバスに託して新聞をとどけて下さったり、（甲府市からこの峠上まで八里ございます。）その他、不自由のものないかなど、言って呉れます。私ひとりでは、どうしていいか、どうお礼していいか、困惑して居ります。斎藤氏も、私の今までの経歴、素行を充分しらべられた筈で、私のうちのことなども知って居る様子でございます。私も、この縁談を円滑にすすめたく、懸命です。斎藤氏へ、リンゴの小箱一つお礼にお送りしたいと思って居りますが、いかがなものでしょう。もし、よかったら、なるべく私がこちらに居るうちに斎藤氏へとどくように送って下さいませんでしょうか。自分ひとりで、夜などあれこれ案じて、自分ながらおかしいくらいです。でも、お笑いなさらず、何卒、御助力下さいまし。

修　治

中 畑 慶 吉 様

斎藤氏の住所は、別紙の如く、同封して置きました。

〔註〕
（1） 宮内寒彌氏の「太宰治夫人へ」というサブタイトルのある、短篇小説「才能について」（「現代文学」昭和十八年一月号）には、その頃、砂子屋書房に勤めていた宮内氏が、太宰から依頼されて、石原美知子氏宛に創作集「晩年」を郵送したことが書かれてある。

41 井伏節代宛

昭和十三年九月三十日山梨県南都留郡河口村御坂峠上天下茶屋より東京市杉並区清水町二十四番地井伏節代宛（絵はがき）

お手紙や新聞を下され、ほんとにありがたく、それに、セルもお送り下される由にて、どんなにかお手数でござい ましょう。ほんとに、オギクボへは、足をむけて寝られませぬ。

いつか、奥さんがお捨てになり、そうして井伏さんが烈火の如くお怒りになられた栗は、まだ崖の中頃のところに、そのままございます。褐色に色が枯れて、寒そうに、岩にひっかかって居ります。

斎藤さんは、毎朝、新聞を送って下さいます。きょうは中畑氏から、先日おねがいしたアワセ羽織やその他二、三を、送ってもらってうれしく思いました。中畑氏は、いま、くにの兄と、私の嫁の話をしている様子で、そのようなハガキもらいました。

石原氏より手紙いただき、それによると石原のうちの人たちは、「源ちゃんが生きかえって来たようだ。」と申して居る由にて、源ちゃんとは、帝大在学中になくなった長男のことらしく、本人よりも、その家族に評判のよいのは、むかしから富山（とみやま）（金色夜叉[1]の）の役にて苦笑でした。

大きな間違いもなく、毎日、同じように、少しずつ仕事して居ります。何卒、皆さまへよろしく。

敬具

〔註〕

（1）尾崎紅葉の小説。

42 井伏鱒二宛

昭和十三年十月四日山梨県南都留郡河口村御坂峠上天下茶屋より東京市杉並区

清水町二十四番地井伏鱒二宛

きょうは、おハガキ、早速、したのおばさんや娘さんに、申しました。みんな、晩秋のおいでをお待ちしている様子でございます。野桜は娘さんが、大いに心配して、毎日世話している様子で、井伏さんから大事にするよう命令があった、と申しますと、さらにまた緊張の様子で、ございました。(野桜は、葉が落ちてしまいましたが、大丈夫と信じます。)

きのうまでは、へんにくるしく、へたばっていましたが、きょうは、書きかけの小説も二十枚になり、どうやら曙光が見えて来て、たいへんうれしくなりました。「火の鳥。」[1]という小説です。どうしても、百枚以上にしたいと思っています。

先週の日曜には、私立大学の先生をしている高橋[2]という大学時代の友人が、ハイキングの途中寄って呉れて、茶屋に一泊いたしました。翌日、甲府まで送って行って、私は、サイトウさんの勤めさきへ行き、ちょっと挨拶して、それから高橋君と二人で飲みました。また、今週の日曜には、吉田から、男三人[3]、女一人、たずねて来ましたので、飲みました。

それ以外には、ちっとも悪いこと、しません。宿の払いも、十日毎に、きちんと払って居ります。先週の日曜と、今週の日曜と、二回だけ、お金をつかいましたが、それでも、煙草銭はちゃんと残してあります。
きょうも宿へ、勘定みんな払いました。

〔註〕
（1）未完の小説。書下し創作集「愛と美について」（昭和十四年五月竹村書房刊）に収録。
（2）高橋幸雄氏。
（3）その頃、富士吉田の郵便局に勤めていた、新田精治氏、同じく吉田在住の、田辺隆重氏等。両氏とも、いまは故人である。ちなみに、「富嶽百景」、随筆「酒ぎらい」（「知性」昭和十四年十二月号）、「服装について」（「文藝春秋」昭和十六年二月号）等には、新田氏のことが書いてある。

43　井伏鱒二宛

昭和十三年十月十九日山梨県南都留郡河口村御坂峠上天下茶屋より東京市杉並区清水町二十四番地井伏鱒二宛

拝啓
昨日は、相憎の雨で、さぞ憂うつでございましたでしょう。でも、私は、久々にお目にかかり、一夜語ることができて、うれしゅうございました。(1) 無事、御帰宅のことと存じます。

私は、あれから斎藤さんとこに行って、私の貧乏なことを、どもりながら告白いたしました。うちでも何もかまって呉れないのだから、石原さんのほうでも、それが覚悟なら、いただきたいと申しました。斎藤さんでは、それは、まえから石原氏のほうへも言ってあり、石原氏のほうでも、それは承知の上である、とのことで、その夜は甲府に一泊し、翌る日、私は石原氏のほうへお寄り致しましたところ、ちょうど娘さんも大月から来て居りまして、(2) 私は石原のお母さんには、ただ「ゆうべ、斎藤さんのところで話いたしました。のちほど、その話を斎藤さんの奥さんが申上げにお伺いする筈です。」とだけ言って、それから私と娘さんと二人きりになったときに、私は、うちでは何も、かまって呉れないこと、また、別段よせということもないらしく、僕ひとりでなんでもやらなければいけなくなったということを、言いました。娘さんは、式や形式など、どうでもいい、結婚を早くさっさとしてもらいたい、くるしくてかなわない、いま無理に小説あせって書かなくていい、とまるで私を養ってでも呉れるような勢だったので、かえって私は落ちついて、やっぱり、でも、斎藤さんのお顔も、できるなら、立てたほうがいいのだし、僕は、いままで世の中の仕来りを破るような、非常識な行為ばかりして、ずいぶんくやしい思いもあったし、できることなら、常識的な順序を踏んで行きたく、努力している、と申しました。それから、お母さんやおねえさんと、ずいぶん永いこと話をして、私は、話の途中で、私の分家させられている(3)こと、財産は、一文もないこと、もう八年も故郷へかえっていないことなど、ありのままに言いました。お母さんも、おやおや、と言って笑っていました。そんなに、失望の色も、ないようでした。お母さんは、これから十年も経ったら、どうにかひとりまえになれるでしょうとも私言いました。お母さんは、そうだ、そうだ、なんでもこれからだ、自分の仕事に精出して行くのがいちばんだ、というようなことを繰りかえして言っていました。

斎藤さんの奥さんの言われるには、きまったとなると甲府では必ず酒入り(4)(?)とかいうかんたんな挨拶をすることになっている、わたしたちでは、英ちゃんのときにも、それを井伏さんにしていただいたが、どうします、というので、私は、それは必要ならば、北さんにたのんでみましょう、と申しましたところ、奥さんは渋って、わたしたちは井伏さんのお言葉によって石原さんを紹介したのだから、なるべく井伏さんに、とそう申します。私は、くるしく、井伏さんには、この上のわずらわしさおかけできないと思っていますし、困ってしまいました。うちで何もかまって呉れないならば、北さんだって、ただ私一個人のために、して下さるかどうか心細いのですし、それかといって、私には、身寄親戚ひとりもないし、返答に窮して居りましたところ、斎藤さんの御主人は、それは井伏さんがお仕事の都合や何かで、とてもお願いかなわなかったら、そのときには、わたしたちのほうで井伏さんの代理として酒入り（？）をしてもいい、と申しましたので、私は、やっと活路を見出し、それでは、とにかく私から井伏さんに、そのことを申して、お願いいたしましょう、と言いましたが、奥さんのほうでは、やっぱり直接、井伏さんにしていただきたいような御様子でした。とにかく私から、井伏さんにお願いしてみます、そうして井伏さんの御返事がございましたら、またお伺いいたします。そう言っておいとま致しましたが、つろうございました。

もう井伏さんには、わずらわしさおかけできない、と固く心に誓ったのですが、北さんもあまりすすまず、斎藤さんのほうでもまた、井伏さんでなければ、というような様子ですし、とにかく、ここの難関を突破すれば、あとは、私も自由に石原氏と逢って、直接、結婚のことを相談して、私自身でやってみます。ただ、この「酒入り」だけは、斎藤さんのお顔もたてなければならず、また、紹介して下さったお方でもあり、これだけは普通常識どおり行いたいと思っています。あとは、ほんとうに、私と石原氏と直接、相談で、お金のかかるようなことは、廃すべきは廃し、それこそ、さっさと、やってしまうつもりでございます。場合に依っては、私たち、大月近在に家を借りて住んでもいい、と思っています。形は、見合い結婚でも、どうやら、これは恋愛結婚と同じようになるかも知れません。それにしても、「酒入れ」だけは、斎藤さんの言うとおりにしたく、もう、ほんとうに、それだけで、あとは、もう、わずらわしさおかけいたしませぬゆえ、お願い申します。お仕事で、おいでできないせつには、斎藤さんへ代理するようお手紙下されば、それでよろしゅうございますから、とにかく、お言葉だけでも、一たんお引受け下さいますよう切願いたします。

　なおまた、これは流石（さすが）に斎藤さんへは、お聞きできなかったのですが、「酒入れ」には、お金がどれくらいかかるものでしょうか、私は英之助君[5]のときのようには事情もちがいますし、できるだけ小規模に、それこそ五円か十円で行いたいと思いますが、どんなものでしょう。そのへんのことは、知らないので、どうかお聞かせ下さい。

　石原の娘さんは、井伏さんがおいで下さったので、どんなにうれしかったか知れない、井伏さんがおひとりで山においでのときも、どんなにかお伺いしてお話申そうと思ったことか、と言いましたので、そんなら、ちゃんとお手紙差しあげたらいいじゃないですか、と申しますと、それでは、かえって失礼かと思ったもので、と、何かとひとりで苦しんでいる様子でした。私は、好きです。お願いいたします。私も、この二、三日、家兄のことや何かで、ずいぶんくるしく、ゆうべは眠れませんでした。苦しみを掻きわけ掻きわけ、死なずに、少しでも建設に努力して居ります。よいお言葉を聞かせて下さい。

敬具

津島修治再拝

〔註〕

（1）井伏氏の「亡友」によれば、「十月にはいってから、私はまた御坂峠に行った。（中略）十月の御坂峠は全山紅葉の眺望である。太宰は前日からどこかに出かけているということで、宿のおかみさんも行くさきは知らないと云った。タカノさんという娘さんにきくと、『太宰さんは、お嫁さんになる人のところへ、出かけたづらよ。』と云った。二階にあがってみると、室内はきちんと片づいていた。机の上のインク壺と並べ、サイダー瓶にドウダンの小枝が活けてあった。太宰が好んで使っていた金Gをはめたペン軸の下に、くびれの浅い大型の山楓の葉が一枚敷いてあった。朱色の葉であった。一見、若い女性の机上風景とも受取れる。私は意外な感に打たれた。しかし可憐な感じの机上風景である。太宰がこの山の宿で、しみじみと秋色を楽しんでいるらしいと判断できた。荻窪の鎌滝にいたころの室内とくらべ、全く別人の住まっている部屋に見えた。」

（2）縁談の相手の石原美知子氏は、当時大月にいて、都留高女に奉職していた。

（3）昭和五年、上京した年の十一月、太宰は銀座裏のバアの女と鎌倉の海に投身し、女ひとり死し、太宰は自殺幇助罪に問われ、起訴猶予となったが、その事件後、太宰は分家の身の上となった。

（4）同じく井伏氏の「亡友」によれば、「甲州の習慣では、結婚式をする前に、酒入れという式を行うことになっている。酒入れをしないで結婚すると近所じゅうの物笑いになる。この式がすむと男女は結婚したも同様のものと見なされる。婿さん側から酒入れの式に行くのだが、婿さんは行かないで誰か知りあいの老人みたいなのが酒を持って一人で行く。嫁さんの側では一族がみんな集まって、神前に酒を供えて待っている。その酒と、こちらから持って行った酒とを神前で混ぜ合わせ、それをつかって三々九度というのをするそうである。」
（5）　高田英之助氏。井伏氏と同郷、広島県深安郡加茂村の人。その頃、東京日日新聞社に奉職。太宰の縁談の口ききをした斎藤文二郎氏の娘、須美子氏と婚約の間柄。

44　井伏鱒二宛

昭和十三年十月二十五日山梨県南都留郡河口村御坂峠上天下茶屋より東京市杉並区清水町二十四番地井伏鱒二宛

謹啓
お手紙、今夕、拝見いたしました。お言葉ありがたく、厳粛な心にて、二度、三度、拝誦いたしました。先日のこちらからのお願いの文面は、できるだけその日のことを活写しようと思い、ありのままをお伝え致したく、努めましたところ、だんだん、てれて来て、活写どころか、ずいぶん甘ったれた文章になり、さぞ御不快でございましたでしょう。事実は、浮いた花やかなことよりも、あの日は私、実社会の厳粛と四つに組んで、へとへとになって山へ帰って来たのでした。二日ばかり、首がまわらぬほどに肩が凝っていて、くるしみました。

私としても、ずいぶん覚悟しているところございます。別紙に誓約書したためましたけれど、いつわらぬ気持ちでございます。御信頼のうえ、御納め下さいまし。

石原氏御母堂よりは、先日も、ずいぶんごていねいの御手紙いただき、私も、いままでの私の生活、現状をも、少くとも意識してかくしたところ一つもない告白を、もし、そのために、破談になっても、それは仕方がない、と覚悟をきめて、書いて差しあげましたが、今日は、御母堂と姉上様と、お二人より、長いお手紙いただきました。御母堂のお手紙には、「虚栄をはるということは私共大きらいです、——何事もつつみかくしなく、むりをしない様に一歩一歩正しい道をあゆんで行くのが一番いいと思います、まごころと職業に対する熱意とが何よりのたからです、」その他、涙ぐましいはげましのことたくさん書いてありました。姉上様も、毛筆で、二間ちかくの巻紙に、こまごま書いて下さいました。何も承知で御うけした以上何もかも事は未来にかかっているのでちっとも卑下する事はないではないか、と力をつけて下さいます。このように、みんなで一生懸命にして呉れるのに、私ひとり、どんなことがあっても、無責任な思いあがったことは、できません。いい作家になります。たとい流行作家には、なれなくとも、きっと、いい立派な仕事いたします。お約束申します。

お手紙にも、ございましたように、石原氏の「式や形など、どうでもいい、」というのは、結納やら祝言やらのことで、酒入れは、斎藤氏のお言葉で、井伏様に、とのことで、私も、できるなら、甲府地方の習慣にしたがいたい、と思い、お願いしたのですが、先日斎藤様よりのお手紙に依れば、斎藤様のほうからも井伏様へお願いのお手紙さしあげたから、津島からもお願いするよう、重ねて言葉がございました。私から重ねてお願い申し上げます。のちのち、無責任なことなどして、お顔をつぶすようなことは、決して、ございませぬ。

どうか、むりでも、ほがらかに、私をからかって下さい。私は決してお調子に乗るようなことございませんから。井伏さんが、憂うつなお顔をして居られると、私は、実際しょげて、くるしくてなりません。

これからも御気分のままに、ときどき御助言おたのみ申します。酒入れの日は、井伏様御都合のよい日を、斎藤様へ御通知なされば、それで決定すると思います。そうなさって下さい。十円なら私いつでもお渡しできるよう準備して居ります。

奥様にも、いろいろ御心配おかけいたし、言葉がございませぬ。何卒よろしく御伝言ねがい上げます。

修治

井伏様

井伏様、御一家様へ。手記。

このたび石原氏と約婚するに当り、一札申し上げます。私は、私自身を、家庭的の男と思っています。よい意味でも、悪い意味でも、私は放浪に堪えられません。誇っているのでは、ございませぬ。ただ、私の迂愚な、交際下手の性格が、宿命として、それを決定して居るように思います。小山初代との破婚は、私としても平気で行ったことではございませぬ。私は、あのときの苦しみ以来、多少、人生というものを知りました。結婚というものの本義を知りました。結婚は、家庭は、努力であると思います。厳粛な、努力であると信じます。浮いた気持は、ございません。貧しくとも、一生大事に努めます。ふたたび私が、破婚を繰りかえしたときには、私を、完全の狂人として、棄てて下さい。以上は、平凡の言葉でございますが、私が、こののち、どんな人の前でも、はっきり言えることでございますし、また、神様のまえでも、少しの含羞もなしに誓言できます。何卒、御信頼下さい。

昭和十三年十月二十四日

津島修治（印）

45
中畑慶吉宛

昭和十三年十月二十六日山梨県南都留郡河口村御坂峠上天下茶屋より青森県五所川原町旭町中畑慶吉宛

拝啓
お寒くなりました。皆様お変りございませんか。私は、おかげ様で、頑健で、この山の寒気と戦いつつ、少しずつ仕事をすすめて居ります。
先日、井伏様、学生たちとハイキングの途中、山へお寄り下され、その折、家郷の様子、承りました。兄上がお取合いなさらぬこと、兄上としては、当然と思いあたることもございますゆえ、このうえ、あまりお願いせぬほう、のちのちのためにも、かえってよいのではないかと思います。ただ、英治兄上(1)か、どなたかを通して、軽く事実を報告して置けば、私としても気がすみます。井伏様とお逢いした翌る日、私は斎藤氏（紹介して下さった人）へ行って、正式の申込みする筈だったのですが、一夜、よくよく考えて、とにかく、甲府へ行き、斎藤氏のお宅をおたずねして、私は家郷では、別段かまわぬこと、私一個人で、いただけるなら、いただきたいこと、私はすでに分家の身で、財産一つもないこと、その他すべて私の現状打ち明けた上で、とにかくおたのみして来ました。二、三日して石原（先方）のほうから、それは何もかも承知の上だから、これから直接相談して、行くさきざきのこと定めましょう、という御返事でした。そうして、私をかえって激励して下さいます。涙ぐましくなりました。

井伏様も、こんどのことは、ずいぶんお考えの上らしく、約婚成立の式には、井伏様わざわざ甲府へおいで下さるよう、斎藤氏も私も、お願いしましたところ、私に、今後いかなることあっても再び破婚の何のと言うことないという誓約の一札入れなければ、甲府へ行って、その式に立ち合うのは、いやだ、とおっしゃり、私も厳粛の気持ちで、今後そのようなことがあったら、私を完全の狂人として、あつかって下さい、と一札いれました。私は、も少し偉くなりたい。少しずつ少しずつ皆の信頼をも恢復し、立派な仕事して行こうと努めて居るのです。私は、自身を、そんなに、だめ男だとも思っていません。

約婚成立の式にも、井伏さん、いまずいぶんいそがしいのに、わざわざおいで下されること、私は、苦しいほどに、恐縮なのです。どうか、中畑様よりも、よろしく、お礼を申し上げて下さいませんか。式には、十二、三円かかるらしく、それくらいならば、私の小使銭節約して、できますから、そのかための式だけは、どうにか私にもできますが、ゆいのうやらその後のことは、私いくら原稿かいたって、そう右から左へお金どんどんはいって来るわけでなし、それに今、最も、私も制作にくるしいときで、どんどん書けないし、先方の娘さんも「式や形など、どうでもいい。めんどうくさいことは、一切きらい」と言って寄こして居ますし、私も、これから先方と直接、相談して、廃すべきは、どしどし廃そうと思って居ります。ことし一年、この山上で修行していようとも思っているのです。からだも、ずいぶん、よろしくなりました。将来は、先方と相談して、山梨県に家を持とうとも思っています。いずれにせよ、家を借りるにしても、敷金が要るし、中畑様から内緒に母上様へ、このたびの事情お話して下され、とにかく私の更生でございますし、また、母上へおすがりするのも、ほんとうに、これが最後と思いますゆえ、そっと相談してみて下さいませんか。それこそ、五十円でも百円でも、私はその範囲内で、別に恥ずかしくなく、それでもって、つつましく結婚費用として、ほんとうに有難く思うのですけれど。

以上のようなわけでございます。何卒、御助力下さい。

修　治　拝

中　畑　様

皆　々　様

二重まわし、そろそろ必要なのでございますが、どうか、こちらへお送り下さいまし。いつもわがままばかり申して。

〔註〕
（1）　太宰の次兄。

46　井伏鱒二宛

昭和十三年十月三十一日山梨県南都留郡河口村御坂峠上天下茶屋より東京市杉並区清水町二十四番地井伏鱒二宛

拝啓
昨日は、大急ぎで、粗末の走り書きのお礼状したため、非礼おゆるし下さい。いろいろご都合ございましょうから、少しでも早いほうが、と思い、日がきまって、すぐ斎藤様宅から飛び出し近所の郵便局に駈けつけ、速達したためたので、ございました。十一月六日に、何卒、お願い申しあげます。かための式は、午後四時頃からとのことにて、井伏様まえもって甲府着のお時間お知らせ下さいましたら、私間違いなくお迎えにまいります。私は、六日には、朝から、斎藤様宅へ出むいて、何かと用事するつもりでございます。井伏様も、さきに一旦、斎藤様宅へおいで下され、それから石原氏宅へ、おいで下さいまし。

ほんとうに、こんどは、私も固い決意をもって居ります。必ずえらくなって、お情に立派におむくいできるよう、一生、努力いたします。

式に必要のお金は、私、準備して置きますゆえ、その点は、御心配下さいませぬよう。

ほんとうに、おかげさまでございました。井伏様からいただいたお嫁として、一生大事にいたします。きっと、よい夫婦になります。

六日には、お逢いして、これからの私たちの結婚の段取りについて、私たち考えていること、いろいろお耳にいれたく存じて居ります。

きょうは、不敢取、山ほどの謝意の、ほんの一端まで。

修治再拝

47　中畑慶吉宛

昭和十三年十一月二十二日甲府市西竪町九十三番地寿館[1]より青森県五所川原町旭町中畑慶吉宛（はがき）

中畑様

二重まわし、どうにかして、送って下さるわけにいきませんでしょうか。勿論、できあいでも、中古でも、少し長めのものであれば、からだに合う合わないは、問題でございません。もう、もう、他には、何も要りません。どうか、どうか、二重まわし一つ、甲府へ送って下さい。

圭治兄からの二重まわしは、もう裾も袖も、ボロボロなのです。

二重まわし無いので、寒いときには、よそへ訪問も、できませぬ。たのみます。

〔註〕

（1） 太宰は十一月十六日まで天下茶屋に滞在した。十一月にはいると、御坂の寒気、堪えがたく、太宰は山を下りて、ここにきた。その頃の随筆「九月十月十一月」（「国民新聞」昭和十三年十二月）の中には、この寿館のことが、次のように書かれてある。「甲府の知り合いの人にたのんで、下宿屋を見つけてもらった。寿館。二食付、二十二円。南向きの六畳である。ふとんも、どてらも知り合いの人の家から借りて来た。これで宿舎は、きまった。部屋にそなえつけの机のまえに坐って、右の引き出しには、書き上げた原稿を、左の引き出しには、まだ汚さない原稿用紙を。なんだか仕事が、できそうである。」知り合いの人とは、石原家のことである。

48
高田英之助宛

昭和十三年十一月二十六日甲府市西竪町九十三番地寿館より東京市世田谷区下馬二丁目千百六十五番地甘粕方高田英之助宛

「おめでとう。」「よかったね。」

これは、形式的辞令でもないし、また、軽薄なひやかしでもない。いろいろ考えて、僕の君に最初に言う言葉は、やはり以上の二つでした。素直に受けて呉れたまえ。

二十三日、どんなに僕も、待っていたか知れないのだ。ひそかに神に祈るところあった。よかった。

すみ子さんは、いいひとです。君の、最もよい伴侶と、確信あります。幸福は、そのまま素直に受けたほうが、正しい。幸福を、逃げる必要は、ない。君のいままでの、くるしさ、僕には、たいへんよくわかっています。いまだから、朗らかに言えますが、僕は、君の懊悩の極点らしい時期に、御坂にひとりいて、君の苦しさ思いやり、君の自殺をさえ、おそれたくらいです。でも、もういい。君は、切り抜けた。「おめでとう。」「よかったね。」

もう、ひとつ、「ありがとう。」という言葉が、ある。これは、老生、いささか、てれます。でも、この言葉も、素直に受けて下さいね。すみ子さんは、僕たちの恩人、ということになっています。大月のひとは、いつでも、すみ子さんの幸福を祈っている様子です。すみ子さんは、恩人だ、すみ子さんが最初に「大月のひとは、どうだろう」と言って下さった由にて、よく気がついて呉れた、と大月のひと、口癖のように言っています。

恩人御夫婦、しっかりやって下さい。

斎藤さん、いいひとですね。僕は、大好きだ。すっかり、お世話になっちゃった。忘れませぬ。君から、何か手紙のついでに、斎藤さんに、僕の山ほどの謝意の一端、伝えて置いて、下さい。これは、ぜひとも、お願いします。

僕、貧書生にて、心に思って、他日を期して居るだけで、なんにもお礼できませぬゆえ、どうか、君から、よろしく、その辺、伝言ねがいます。

君は、僕の恩人なのだから、そのかわり、乳兄弟の場合は、僕を、兄にして下さい。へんな交換条件だが、僕は、兄になりたい。何かと、これから、弟の、誰にも言われぬややこしい心理の動きや、あるいは秘密など、弟から打ち明けられ、兄は、それを聞いて、整理し、形をととのえ、あるいは養い親（井伏さんのことですよ。）にお願いするなど、兄として、うれしいことだからね。

君のいままでの、あの苦しみは、大半は、いや、全部、すみ子さんを愛している苦しみなのです。それから、多少、君のダンディスムと。

君の、昨日までの苦悩に、自信を持ちたまえ。僕は、信じている。まことに苦しんだものは、報いられる、と。堂々と、幸福を要求したまえ。神に。人の世に。

これから、幸福な日が来るだろう。それは、きまっている。てのひらを見るより明らかだ。それは、信じたまえ。すみ子さんを精一ぱい、愛して、愛撫してやりたまえ。

決して、てれたり、深刻がったりしては、いけない。たのしみは、純粋に、たのしみとして、受けたまえ。君には、しばらく安楽に休息する権利がある。君は、苦しみ、努めて来た人だから。甘さに酔っても、決して下等になるものではない。鶴は、立っていても鶴、寝ていても鶴ではないか。安心して、新居いとなみ、すみ子さんだけを愛してあげたまえ。すみ子さんは、君を、愛して、甲府でひとり、ずいぶん苦しんでいたのだよ。充分に、ごほうび、あげよ。
二、三年、いや五、六年、日本には僕たちの黄金時代、無いかも知らない。けれども、僕は、気がながくなった。自信があるのだ。きっと勝てる。確信している。僕たち、だめになる理由、ちっともないじゃないか。それまで、君、悠然と一剣磨(みが)いて置くんだね。悠然と、だよ。
僕は、年内こちらにいます。毎日、二枚三枚、長篇[1]書きつづけています。結婚は、来年になるだろう。結納(ゆいのう)なんて、一文(いちもん)もない。すべて、はぶくつもりだ。結婚費用など、できるあてもないが、まあ、そのときは、そのときだ、と自信たっぷり。貧より楽なことはない（新居きまったら、教えて下さいね。すみ子さんに、よろしく。）

〔註〕

（1）「火の鳥」

49 中畑慶吉宛

昭和十三年十一月二十七日甲府市西竪町九十三番地寿館より青森県五所川原町旭町中畑慶吉宛（はがき）

拝啓

けさは、おはがき、全くの子供のように、うれしくてなりませんでした。中学校にはいって、はじめてマント買ってもらったときと、同じ様に、うれしゅうございました。十二月七、八日といえば、もう一週間くらいのところゆえ、よろこんで、がまんいたします。何卒いいマント買って下さい。

このごろ、私は、皆様のお情により、全く生れかわったように、まじめに、一心に仕事にはげんで居りますゆえ、ほんとに安心して下さい。
ほんとに、皆様に御心配ばかりおかけしました。

50　中畑慶吉宛

昭和十三年十二月十六日甲府市西竪町九十三番地寿館より青森県五所川原町旭町中畑慶吉宛（はがき）

中畑さん
マントを、ほんとうにありがとうございました。このたびは、ほんとうに、もうお世話になります。豊田様おなくなりの由、さぞかし皆様、おちから落しのことと存じます。私も、実の父上のように甘えて、いまに偉くなって、よろこばしてあげたいと、ひそかに思って居りました。もう、がっかりしてしまいました。一夜いろいろ、父上のことばかり考えて、かなしみ堪えることできませんでした。
私のこと、式は、正月八日の午後に井伏さんのお宅で、したらどうか、とこちらの石原氏、斎藤氏、私、三人の意見で、これから、それを私から井伏さんにおたのみしよう、と思っています。ごく簡単に、私と、お嫁さんと、石原母堂、斎藤さんの奥さん、それに中畑さんにもぜひ列席ねがって、井伏さんから結婚についての、厳粛なお言葉いただき、そうしてサカヅキいただいて、皆様に、はっきり見とどけていただくことにして、それだけの簡単なものにしたいと思って居ります。私も、十二月までには、少しは何かいいこともあるかと思っていたのですが、思惑はずれて、どうも何一つできないような工合いで、石原さんでは、一家総がかりで、古い着物縫いなおしたり、ふとんこしらえたりしていますが、私は気の毒で心くるしくてなりませぬ。でも、私は無力なのだから、致しかたございませぬ。とにかく、やってみます。結婚したら、大いに明朗に、仕事に精出します。

51　井伏鱒二宛

昭和十三年十二月十六日甲府市西竪町九十三番地寿館より東京市杉並区清水町二十四番地井伏鱒二宛

拝啓

ごぶさた申して居ります。その後おかわり無く、御自適のことと拝察仕ります。

私、実は、東京の荻窪のお宅へお伺い申し、こちらで石原氏斎藤氏と相談してきめたことお話申し上げ、また、お願い、のつもりでございましたが、御旅行中とのことにて、私の出京は、中止いたしました。式は、正月八日ということになっている由にて、そうして、その日に、斎藤様の奥さまも何か御用事で上京することになっていて、そうして、ちょうど都合がよろしいゆえ、奥さまにも列席していただき、これは私たち皆のお願いでございますが、こちらからお嫁さんと、お嫁さんの母堂が、井伏さんのお宅へおうかがいして、中畑様、斎藤さんの奥さん、立ち合いで、井伏さんから結婚についてお言葉いただき、簡単にかためのサカヅキいただいて、それが私としても、石原さんとしても、一ばんありがたく、厳粛な気持になることでございますし、私から、井伏さんにそのように、ぜひとも、お願いすることになりました。

何卒、何卒、お聞きとどけ下さい。私は、七日ごろ一足さきに荻窪へお伺いして、八日の日を待ちたく思います。何も、ほんとうに仕度なぞの御心配なさらぬよう、すべて七日ごろ私がお伺いして、その時八日のこと、ささやかに手筈、了したいと思って居りますゆえ、私のちから足りないところは、お助け下さい、そうしていただけたら、私これより仕合せなことございませぬ。石原氏でも「どんなにお金あったと仮定しても、井伏さんからサカヅキいただくことが、一ばんありがたいのだし、一ばんいいことなのだから、ぜひともそうしていただきたく、どんなに、ありがたいことかわからない」と申して、甲府で式をやるとしたら、やはり親セキなどにも通知しなければならず、いたずらに大げさになり、実のこもらぬものになるし、また津島も、ほうぼう借金などして結婚式の費用つくっても、つまらないことだ、」と申し、斎藤氏も、井伏様へここのところは、お願いするのが一ばんいい、と申して居ります。式といっても、ただ井伏様より、お言葉と、かためのサカヅキ頂戴するだけで、あとは、ごちそうも何も一切いりませぬ故、一時間かそこらですむことと存じます。

私にお金があればいいのですけれど、実は、「文藝」に、まえに送ってある原稿(1)、のるかも知れないような、すこうし見込のあるらしいハガキを編輯者の桔梗五郎氏よりもらってあるので、あるいは正月号あたりに載せてもらえるのではなかろうか、と、あてにしていたのですが、これもだめのよう、大手(おおて)、からめ手、みんな破れて、若草にでも、短篇持ち込んで、二十円でもかせごうかと思っていたのに、運わるく、若草から二月号に五枚のコント書け、と速達来て、出鼻くじかれました。仕方なく、五枚のコント書いて送りましたが(2)、五円くらいだと思います。「文体(3)」から、二十日までに二十枚書け、と言って来ましたが、これも年内には、稿料もらえる見込みもなし、「文体」には稿料、全くあてにせず、いい短篇とにかく送ろうと思っています。やっぱり芸術第一です。長篇のほうも百枚突破して、いろいろ難航ですが、掻きわけ、書きすすめて居ります。来年の三月ごろまでには完成させたく思います。たしか、いいものの筈でございますから、本にでもなったときには、どうか御一読下さい。

結婚の式がすむと、私たち、また甲府へかえるつもりで居ります。甲府に家を借りて、ほんの仮住居、私の仕事の目鼻つくまで、そうして私にも多少、お金できるまで、二、三ヶ月、安い家を借りて、二人で居るつもりで、まえに山の温泉にでも、と皆で言っていましたが、考えてみると、九十円で二人、温泉にいるのは、どうも経済上むりのようで、きっちり九十円くらいかかって、しまうのではないか、と思われますし、また、美知子も、たいくつだろうと思いますし、皆で相談の結果、甲府のまちはずれに小さい家を、正月から、二、三ヶ月間借りるのがいいだろう、ということになりました。斎藤さんのちかくの家も、あいているそうで、ほうぼうに貸家があるようですから、十円くらいの家、とにかく借りて置こうと存じて居ります。二、三ヶ月、頑張って仕事しているうちには、また私にも何か運のいいようなこと、あるだろうと思いますし、そのときお金できたら、東京近郊のまちに永住の家、営む考えでございます。

今月は、私も、経済下手で、生活費、そんなに余裕もございませんし、いまごろ東京へ行って、雑誌社かけまわって歩いてみても、なんのいい見込みもございませんし、もともとこの結婚、私ひとりでやると言い切った手前もあり、ほうぼう稿料あてがはずれて、窮して居ります。何か、打開の良策ないでしょうか。私の無力を、恥ずかしく思います。まさか石原氏にたのむわけには行かず、それでなくても、いままでいろいろ世話になって、ドテラや、座ぶとんや、ふだん着の羽織まで、つくって下さって、私は、苦しゅうございます。

結納（ゆいのう）も、石原氏では、津島の小使銭からそんなこととしてもらうのでは、つらくて、いただけない、もし津島の兄さんのほうで、何かして呉れるというなら、それはいただいて、津島たち二人の結婚後の何かと費用としたい、と申していました。私も五円か、十円を包んで、結納にしようかと思いましたが、それではかえって、お互い悲しく、どうも、いやなのです。結納（ゆいのう）は、私、とてもできません。どうかおゆるし下さい。石原氏でも、斎藤さんでも、そこのところは了解してくれると思います。

井伏様から中畑氏へ、そこのところ一言おっしゃっていただくこと、いけないでしょうか。三十円もかからないと思います。結婚の式のお酒と、皆のかえりの旅費と、それから結婚後仮住宅借りて、ちょっとした炊事道具買うのと、そのくらいでございますから。

お金のこと、さぞかし御不快でございましょう、私も、とても苦しく、考え考えして、冷汗三斗の思いで、御賢察ねがいます。

私も、ばかで、あるいは中畑氏が母上あたりにお話して、何か少し結納めいたもの、あるかも知れん、といやしいいやしい虫のいいこと考えて、石原氏にも多少、威張っていたのですが、全くだめなのでしょうか。結納という形式でなくて、何か助けていただけないでしょうか。私、もう少し、何か小説、一篇でも売れたら、こんなに苦しい思いしなくてもよかったのですが、べつだん遊んでいたわけではなく、懸命に仕事もいたしましたし、行いにも気をつけましたし、また、こんどの結婚のことも、少し大げさな言いかたですが、東奔西走して、斎藤さんへ行ったり、石原さんへ行ったり、大わらわになって、いろいろと話すすめ、ほうぼうへも手紙かいたのですが、どうも、ぱっとひらけず、でも、お嫁さんは、ほんとうに、いいお嫁さんなのだから、それは、どんなに仕合せか知れません。

斎藤さんでは、「津島さんが簡略に、簡略に、と言うから、私も簡単にするよう取りはからったが、英ちゃんのときには立派にやって、津島さんのときにはやたら簡略簡略と斎藤がすすめて、いい加減にしている、と思われやせぬか、」と心配して、井伏さんにも、「決してそんなつもりではないのだから」と、よろしくおっしゃって下さい、と奥さんが申して居りました。私も、英ちゃんくらいには、できるならば、したほうがいいと、なんぼ心で思っても、無力ゆえ仕方ございませぬ。

石原氏でも、やはり何か、わびしいことと思います。どうか、できるなら何かしたいとは思いますが、どうにもできません。

何か、良策ございましたら、お知らせ下さい。ぜいたくだ、がまんしろ、とおっしゃれば、きっと、がまんも致します。

泣きごとに似て、きょうの太宰は、あまり立派でもございませんが、何卒、叱らないで下さい。この二、三日、とても苦しいです。

修治

井伏様

〔註〕
（1）「懶惰の歌留多」であろうか。
（2）「I can speak」（「若草」昭和十四年二月号）
（3）当時、北原武夫、宇野千代両氏が発行していた文芸雑誌。

52

井伏鱒二宛

昭和十三年十二月二十五日甲府市西竪町九十三番地寿館より東京市杉並区清水町二十四番地井伏鱒二宛

謹啓
本日は、大きい大きいお情下され、くるしいほどに感動いたし、更に精進努力の覚悟のほぞを固めました。

ありがとう存じます。

新聞の運勢欄を見れば、本日、一白（私）は、「心の花ひらく日、何事も成る、又家に悦あり」

と在りました。

また、七赤（みちこ）は「土中より黄金を掘り出す如き運あり」となっていました。

ふたりにとって、一生で、一ばんいい日と信じます。

きょう、斎藤さんの奥さんが、石原氏へ結納おさめて下さいました。みなみな、井伏様御一家様のおかげでございます。お礼の言葉ございません。しっかりやります。

立派な男になります。

感涙の日　津島修治

十二月二十五日

井伏様

この年に発表された小説は、「姥捨」と「満願」（砂子屋書房発行「文筆」昭和十三年九月号）の二篇だけである。いずれも、甲州へ行く前に、執筆されたものである。

御坂峠の天下茶屋に滞在中の太宰の消息を伝えるものとしては、「富嶽百景」、随筆「富士に就いて」（「国民新聞」昭和十三年十月）、「九月十月十一月」等がある。

昭和二十八年十月三十一日、御坂峠に、太宰を偲ぶ文学碑が地元の人の尽力で建立された。碑文は「富嶽百景」から、井伏氏が撰定した「富士には月見草がよく似合ふ」の一節で、筆蹟は太宰の草稿のペン字を拡大したものである。

53 高田英之助宛

昭和十四年一月四日甲府市西竪町九十三番地寿館より東京府大島元村柳川館本館高田英之助宛（はがき）

大島に居るとは、知らなかった。十二月三十一日、君とお逢いするのをたのしみにしていたのでした。おからだ、大事にしていて下さい。すみ子さん、ずいぶんしょげていて、毎日うつうつして居られる様子で、とても見て居られません。これは、ただ、私一個人の、気持ちだけから、君にお願いするのですが、もし君が、もっと長く大島に居られるようなら、すみ子さんを、一日でも二日でも、そっと大島に呼んでやりたまえ。君が、もし、その気なら、僕に知らせて呉れれば、僕は、斎藤さん御一家へ、そのように談判して、すみ子さんを君のところへ、旅立たせるよう、とにかく、やってみるつもりだ。

僕の結婚式は、井伏氏宅にて八日、同席六人、スルメをさかなに簡素にしていただけるようになって、井伏様大明神です。結婚したら、甲府へ、すぐ、五、六円の小さい家借りて、女房は手なべです。
「どうにか、なる。」これを信じたまえ。勇敢に、そして御自愛を。

54 山岸外史宛

昭和十四年一月五日甲府市西竪町九十三番地寿館より東京市本郷区駒込坂下町十二番地椿荘山岸外史宛（はがき）

おハガキありがとう、先日は、ほんとうによく来て下さいました。石原氏一家でも、山岸さんというおかた、ご立派ですね、ということにて、私も肩身ひろかった。ただいま、やたらに身辺の雑用多く、掻きわけ掻きわけ、てんてこまいです。四、五日したら落ちつきます。そのときまたお知らせしますから、今日は、これで。

昭和十四年一月八日に、清水町の井伏氏の家で、太宰は石原美知子氏と結婚式をした。その日のことを、太宰は作品「帰去来」に、次のように書いている。

「三十歳のお正月に、私は現在の妻と結婚式を挙げたのであるが、その時にも、すべて中畑さんと北さんのお世話になってしまった。当時、私はほとんど無一文といってもいい状態であった。結納金は二十円、それも或る先輩からお借りしたものである。挙式の費用など、てんで、どこからも捻出の仕様がなかったのである。当時、私は甲府市に小さい家を借りて住んでいたのであるが、その結婚式の日に普段着のままで、東京のその先輩のお宅へ参上したのである。その先輩のお宅で嫁と逢って、そうして先輩から、おさかづきを頂戴して、嫁を連れて甲府へ帰るという手筈であった。北さん、中畑さんも、その日、私の親がわりとして立会って下さる事になっていた。私は朝早く甲府を出発して、昼頃、先輩のお宅へ到着した。私は本当に、普段着のままで、散髪もせず、袴もはいていなかった。着のみ着のままの状態だったし、懐中も無一文に近かった。先輩は書斎で静かにお仕事をして居られた。（先輩というのは、実は○○先生なのだが、○○先生は、小説や随筆にお名前を出されるのを、かねがねとてもいやがって居られるので、わざと先輩という失礼な普通名詞を使用するのである。）先輩は、結婚式も何も忘れてしまっているような様子であった。原稿用紙を片づけながら、庭の樹木の事など私に説明して聞かせた。それから、ふっと気がついたように、

『着物が来ている。中畑さんから送って来たのだ。なんだか、いい着物らしいよ。』と言った。

黒羽二重の紋服一かさね、それに袴と、それから別に絹の縞の着物が一かさね、少しも予期していないものだった。私は呆然とした。ただその先輩から、結婚のしるしの盃をいただいて、そうして、そのまま嫁を連れて帰ろうと思っていたのだ。やがて、中畑さんと北さんが、笑いながらそろってやって来た。中畑さんは国民服、北さんはモーニング。

『はじめましょう、はじめましょう。』中畑さんは気が早い。

その日の料理も、本式の会席膳で鯛なども附いていた。私は紋服を着せられた。記念の写真もうつした。

『修治さん、ちょっと。』中畑さんは私を隣室へ連れて行った。そこには北さんもいた。私を坐らせて、それからお二人も私の前に坐って、そろってお辞儀をして、

『今日は、おめでとうございます。』と言った。

『きょうの料理は、まずしい料理で失礼ですが、これは北さんと私とが、修治さんのためにまかなったものですから、安心してお受けなさって下さい。私たちも、先代以来なみなみならぬお世話になって居りますから、こんな機会に少しでもお報いしたいと思っているのです。』と、真面目に言った。

私は忘れまいと思った。

『中畑さんのお骨折りです。』北さんは、いつでも功を中畑さんにゆずるのだ。『このたびの着物も袴も、中畑さんがあなたの御親戚をあちこち駈け廻って、ほうぼうから寄附を集めて作って下さったのですよ。まあ、しっかりおやりなさい。』

その夜おそく、私は嫁を連れて新宿発の汽車で帰る事になったのだが、私はその時、洒落や冗談でなく、懐中に二円くらいしか持っていなかったのだ。お金というものは、無い時には、まるで無いものだ。まさかの時には私は、あの二十円の結納金の半分をかえしてもらうつもりでいた。十円あったら、甲府までの切符は二枚買える。

先輩の家を出る時、私は北さんに、『結納金を半分、かえしてもらえねえかな』と小声で言

った。

『あてにしていたんだ。』

その時、北さんは実に怒った。

『何をおっしゃる！　あなたは、それだから、いけない。なんて事を考えているんだ。あなたは、それだから、いけない。少しも、よくなっていないじゃないですか。そんな事を言うなんて、まるでだめじゃないですか。』そう言って御自分の財布から、すらりすらりと紙幣を抜き取り、そっと私に手渡した。

けれども新宿駅で私が切符を買おうとしたら、すでに嫁の姉夫婦が私たちの切符（二等の切符であった）を買ってくれていたので、私にはお金も何も要らなくなった。

プラットホームで私は北さんにお金を返そうとしたら、北さんは、

『はなむけ、はなむけ。』と言って手を振った。綺麗なものだった。」

55　井伏鱒二宛

昭和十四年一月十日甲府市御崎町五十六番地(1)より東京市杉並区清水町二十四番地井伏鱒二宛

謹啓

風のように行ってすぐ帰らなければならず、お目にかかりすぐまた甲府へ帰らなければならず、かなしく存じました。

私もきっといい作家になります。お名をはずかしめないよう、高い精進いたします。

くるしいこともございました。

でも、ほんとうにおかげさまでございました。一日一日愚かな私にも、井伏様、御一家様の、こまかい、お心使い、わかってまいり、「感奮」という言葉を、実感でもって、ほとんど肉体的に、ショックされて居ります。

仕事します。

遊びませぬ。

うんと永生きして、世の人たちからも、立派な男と言われるよう、忍んで忍んで努力いたします。

けっして、巧言では、ございませぬ。

もう十年、くるしさ、制御し、少しでも明るい世の中つくることに、努力するつもりで、ございます。

このごろ何か、芸術に就いて、動かせぬ信仰、持ちはじめて来ました。たいてい、大丈夫と思います。

自愛いたします。

このたびのことは、お礼とても、言えませぬ。

今後を、じっと見ていて下さい。

それより他はございませぬ。

私たちは、きっと、いい夫婦です。

ありがとうございました。

思えば、思うほど、あれもありがたい、これもありがたい、とつぎつぎ、もったいないことばかりで、とにかく、私は、しっかり、やります。それより他にないのです。しどろもどろの言葉にて、さぞお読み辛いことと存じますが、真情、お汲み取り下さいまし。

津島修治

井伏鱒二様

いちど、六円五十銭の小宅へおいで下さいまし、いまからふたり、たのしみにして居ります。ぜひぜひおいで下さいまし。

〔註〕
（1）この新居のことを、太宰は随筆「当選の日」（「国民新聞」昭和十四年五月）の中に、次のように書いている。

「さいわい、甲府の実家ちかくに六円五十銭の、八畳、三畳、一畳の小さい家が見つかり、当分ここでもいいではないか、山の宿より安あがりかも知れんと、しちりんや、箒やバケツを買って、その家に収まった。敷金もここは要らないのである。甲府のまちはずれで、坐っていても、部屋の窓から、富士がちゃんと見える。葡萄棚もあり、枝折戸もあり、何よりも値が安く、六円五十銭なので、それが嬉しかった。汽車の響きがかすかに聞えて来るくらいで、夜は、八時すぎると、しんとしている。『いいかい。侘びしさに、負けてはいけない。それが第一の心掛けだと、僕は思う。』私は、多少口調を改めて、そんなことを家内に教えた。私自身、侘びしさに負けそうで、心細かったからでもある。」

56　中畑慶吉宛

昭和十四年一月十日甲府市御崎町五十六番地より青森県五所川原町旭町中畑慶吉宛

謹啓
中畑さん
このたびは、もう、なんと申していいか、わかりませぬ。
おかげさまでございます。

ひとりでは、いくら決意を固めても、無力の者ゆえ、あがいても、あがいても、仲々立ち上ることできませぬ。

このたびは、皆様のお情にて、立派に更生の出発させていただき、以後は私、大丈夫、しっかり、やってゆくことできます。

御信頼下さい。

何卒、よき折あらば、母上にも御鶴声ねがいあげます。

ほんとうに、ありがとうございました。

お礼は、とても言いつくせません。

今後を、じっと見ていて下さい。

私は恩義わすれぬ男です。

骨のある男です。

からだを大事にして、立派に自身の才能、磨きあげて、お目にかけます。

奥様にも、何卒何卒、よろしくお伝え下さい。

きょうはただ感激に胸一ぱいにて、文章も、しどろもどろでございます。

誠実存するところを、お汲み取り下さいまし。

修治

中畑様

奥様

57　高田英之助宛

昭和十四年一月十一日甲府市御崎町五十六番地より東京府大島元村柳川館本館
高田英之助宛（はがき）

英ちゃん
祝電をありがとう。八日の夜、甲府へかえって、すぐ小さい新居に落ちつきました。二、三日、俗事に追われて、ゆっくりおたよりする機会なく、近日また、おたより申します。すみ子さんも、このごろはお元気の様子です。

58　井伏鱒二宛

昭和十四年一月（日附不詳）甲府市御崎町五十六番地より東京市杉並区清水町
二十四番地井伏鱒二宛

謹啓

八日には、あれほど皆様のお世話に相成り、ぼんやりして、ゆっくりお礼のお言葉申しあげることもできず、甲府へ来てしまってなんとおわび申していいやらわかりません。小さい家も、どうやら片づき、道具なども何もございませんが、どうにか間に合せて、おいしくごはんいただいて居ります。

石原さんのお家と相談して、石原さんのお家と、私と十円くらいずつ出し合って、斎藤さんのお宅へ、石原氏母堂と私と二人、あらためてお礼に参上いたし、ほんのお礼のお印にそれを差し出そうと、相談して、十円くらいなら、私いつでもできますから、二、三日後にそうしようとして話合っていましたが、きょう、私と美知子とが、まず斎藤さんのところへお礼にまいり、帰途、石原さんのお家へもお寄りいたしましたところ、母堂は、斎藤さんへのお礼は、やはり一応、井伏さんに御相談申し上げ、くにの中畑さん、北さんに対しても失礼でないかどうか（こちらの独断で、ほんの少しのお礼をすることが、くにの中畑さん、北さん、また井伏先生のお顔つぶすようなことがないかどうか）そのことを一応井伏さんにお聞きしてそれで差しつかえないとのおゆるし一言得てから、斎藤さんへお礼にまいったほうが、いずれにもおだやかに安心だから、津島から井伏先生にちょっとそのことお伺いして、との、母堂の御言葉で、母堂も、私が気がきかず、無力ですし、ひとりであれこれ気兼ねして、何かと自信なく、ひとりで取越し苦労して居られます。井伏さんは、それはそれで別段、さしつかえなかろう、とおっしゃって下されば、あとは、私と母堂と二人、斎藤さんへ参上して、いままでの数々の御世話に対し、ささやかながらお礼いたします。どうか、お言葉、おねがい致します。私たち、自由にやって、よろしいでしょうか。それでよろしいようでしたら、私たちすぐ致しますから。

美知子を大事に致します。お世話になりました。ほんとうに、おかげさまでございました。しっかりやります。

修治拝

井伏様

奥様と奥様の姉上様皆々様にも、くれぐれもよろしく。そのうち私たちも、あらためてゆっくり、井伏様へお礼にあがりたく思って居ります。

59 中畑慶吉宛

昭和十四年一月十七日甲府市御崎町五十六番地より青森県五所川原町旭町中畑慶吉宛

拝啓
お手紙ありがたく拝誦仕りました。
祝言の夜のお言葉、身にしみて、忘れては居りませぬ。
奮闘いたします。成功、不成功は天運にもよることと存じますが、しかし、いまは
健康も充分ですし、とにかく猛奮闘してみます。
一日も早く、故郷の母上はじめ、皆さまと晴れて対面致したく存じます。
きょう十六日、私と石原氏母堂と二人、正式に仲人の斎藤氏宅へお礼にまいりまし
た。
その際、二十円、私と石原氏と半分ずつ出し合い、末広とお菓子を添えて、ほんの
お礼の印（しるし）として、差し出しました。
もっとお礼したかったのですが、私も、お小使いの中から、工面する他なく、石原
氏と相談して十円ずつ出し合い、包んで、石原氏の母堂のお名前と、私の名前とを書
いて、差し出しました。
もう、これで、たいてい、こちらの挨拶は、きれいにすみました。
おかげさまでございます。思いもかけず、立派に式をして下され、私も肩身が広う
ございます。いくらお礼を言っても、とても足りませぬ。
立派に御期待におむくいしたく、決意するところ、ございます。

新しいふとんも井伏様より送っていただき用いて居ります。

ほんとうにどんなにか、いろいろ御世話になったことでございましょう。

三月には甲府へおいで下さる由、いまから楽しみにて、二人指折り数えてお待ち申して居ります。

屋賃は安くても、八畳、三畳、一畳、小綺麗で、日当りよく、いい家です。静かで、仕事できますゆえ、何卒ご安心下さい。

石原氏御家族のこと、別紙に御母堂に書いていただきました。

いま、お家に居られるかたは、母堂、富美子姉様、妹愛子さん、弟明君の四人だけです。

他に、三女、うた子姉様は、東京市板橋区上板橋七ノ四四〇山田貞一氏に嫁ぎ、山田氏は帝大工科出身の技師で、こんどの私たちの結婚をも、よく理解下され、ひとかたならぬお世話下さいました。

次女は、京城帝国大学の講師、小林英夫氏に嫁ぎ、先年、男児ひとり残して、なくなられた由にて、美知子は、四女です。

なお、いま生きていたら私と同年の筈の長男、左源太氏は、東京帝大医学部在学中に病歿された由です。

大体以上の如くでございます。

今宵、寒さきびしく、手先こごえ、乱筆、読みにくいことと存じますが、何卒、御判読ねがいます。

美知子も一生懸命でございますゆえ、全く御安心下さい。

末筆ながら、奥様には、くれぐれも、よろしく。

修治　拝

中畑様

60　高田英之助宛

昭和十四年一月十七日甲府市御崎町五十六番地より東京府大島元村柳川館本館
高田英之助宛

拝啓　おかげさまにて結婚式もすみ、甲府御崎町斎藤様のお宅のすぐ近くに、小さい家借りて、あらたなる出発の準備にとりかかって居ります。

斎藤様には、ずいぶんお世話になりました。昨日は奥様わざわざ、拙宅へおいで下され、いろいろ激励の言葉賜りました。

英ちゃん、おまえは、いいおふくろできて仕合せだぞ。とても、しんから、君に同情し君を案じ、君を信じ、君を愛して居られるから、君も安心して、大いに打ち解け、甘えるがいい。すみ子さんもこのごろは、ほがらかだ。お母さんもすみ子さんも、そのうち大島へ、行ってみたいと言っている。井伏さんも、それがいいと大賛成でありました。二月になって少し寒気ゆるんだら、甲州のどこか温泉にでも移って、二月一ぱい、ゆっくり静養したらどうでしょう。斎藤さんの奥さんも、英ちゃんを甲州へ引きとりたいと言っていた。僕もそれには大賛成である。

サンマのひもの、クサヤ、僕も少しわけていただき、早速たべたが、おいしいね。塩加減も、あまり辛（から）すぎず、実に珍味でした。重宝にして、大事にして少しずつたべています。すみ子さんを、手紙などで、大いに慰めてあげたまえ。君も、くるしいことだろうね。けれども、頑張って下さいね。

61　井伏鱒二宛

昭和十四年一月二十四日甲府市御崎町五十六番地より東京市杉並区清水町二十四番地井伏鱒二宛

謹啓

本日は書留[1]を、ほんとうにありがとうございました。

おかげさまにて、私たちもどうにか大過なく、やって居ります。仕事も、すすんで居ります。

御近親、御危篤の由にて、どなた様でございましょうか、不安でございます。御恢復を神かけて祈って居ります。

きょうは御叱正、汗顔の極でございます。ごめん下さいまし。あの小説[2]で井伏様への、私の尊敬と謝意をも、表わしたく思い、少しも傷つけること無しと信じて発表したのでございますが、いま深く考え、やはり小説に、事情の如何を問わず本名を出すことは、井伏さんのお気持に、何かとわずらわしさ加えるのみにて、かえって失礼であると思い当り、恐縮して居ります。私は、うかつでございました。

どうか、おゆるし下さい。以後は、勿論、いかなる場合にでも、絶対に、このあやまち、繰りかえすことございませぬ。

三月号にも、あの続篇[3]のようなもの書き、昨日すでに送りましたが、その中にも、井伏氏、という文字を、二度、用いました。本日、早速、文体社へ速達にて、その箇所の改正を、依頼いたしました。くどいほど、たのんで置きましたから、十に八九は、間違いなく、訂正して呉れると信じますが、けれども人事、思わぬ手ちがいにて、万々一、ほんとうに、それは、万々一の場合ですが、手ちがいあったときのことさえ心配にて、もし訂正されてなかったら、どうしようと、それのみ心配でございますが、たいてい、大丈夫と思います。

後半に、「井伏鱒二氏のお世話になった」と、それから、「井伏氏のお宅で、していただけるようになって、」と、二箇所に、ついお名前、用いて、二十三日、月曜、朝に、文体社に送ったのでした。

本日、井伏さんからの御叱正に接し、文体社へ、すぐ訂正たのんだのです。どうか、そのへん、衷情、お汲取りのほど願い上げます。文体社でも、きっと訂正してくれるだろうと思います。今後は、絶対に、同じあやまち、繰りかえしませぬ。竹村書房から、「委細承知した、原稿送れ」という電報まいりましたので、不取敢、原稿整理に、とりかかって居ります。一週間以内には、竹村に送附できると思います。(4)きょうは、お礼やら、おわびやら、お見舞いやら、不文ごたごたしてしまった、おゆるし下さい。

御病人の御快癒を祈って居ります。

太　宰　治

一月二十四日

井伏様

〔註〕
（1）家郷からの仕送り。
（2）「富嶽百景」
（3）「富嶽百景」は、この年の「文体」の二月号と三月号に分けて掲載された。
（4）昭和十四年五月、竹村書房から刊行した、書下し創作集「愛と美について」のこと。

美知子夫人の手記を、「太宰治集」の井伏氏の解説から、次に引用する。

「『富嶽百景』の前半の二十枚は、すでに前年のおわりに書いていて、『文体』の二月号に載って、送ってまいりましたのを、御崎町の新居に落付いて間もなく、二人で見ました。『富嶽百景』の書きはじめ『富士の頂角云々』は、私の父、石原初太郎の著書から、そのまま、盗用してあるので驚きました。太宰は、『おやじなら文句は言えまい』と云っておりました。さてずっと後、ラヂヲの話の泉に、これをまた盗用して出題した人があって、太宰は面白がって、随筆に書くと申していましたが、実現しないでしまいました。

三ツ峠で『井伏氏は、濃い霧の底、岩に腰をおろし、ゆっくり煙草をすいながら、放屁なされた。』という一条は、氏の御抗議が出まして、問題になりました。治は、『たしかにこの耳できいた』と言いはっていましたが、もし、太宰の作り話であったとしたら、申訳ないことでございます。

さて、御崎町で、まっ先に書きましたのは、『続富嶽百景』でございます。『口述するから、書いてくれ、大いに助かる』と申し、机を中にはさんで、始めました。それは、忘れもせぬ『ことさらに月見草を選んだわけは、……』のくだりからでございます。すこし、急いで書けるくらいに申しますのを、書いてまいりました。ふだんは、ふざけてばかりいますのに、仕事に向うと、打って変ったおももちで、こわいようでございました。それから、『トンネルの冷い地下水を、頬に、首すじに――』のところまで、書き進みましたとき、『もういい、自分で書く』といって、口述を止めました。それから又、『甲府から帰ってくると』から、口述いたしまして、書き終りました。」

62　高崎英雄(1)宛

昭和十四年一月三十日甲府市御崎町五十六番地より東京市杉並区天沼一丁目百三十四番地高崎英雄宛

拝啓

きょうは、おめでたき、おたより頂戴。なにがなし、心たのしく、いつになく、朝早く、起きてしまって、口笛吹いたりしてみました。ミチコさんというお名前の由にて、わが家の豚妻も、ミチコという名前で、くすぐったく存じます。

お嫁様、御風邪とか、いけませんね。

可愛がりすぎたのではないでしょうか。

そんな場合には、可愛がりかたを加減するよりは、いっそもっともっと可愛がってあげると、風邪なおる実験してみて下さい。

わが家の豚妻は、頑健にてドタバタ立ち働いて居ります。

ことしは少し目立った仕事いたします。末永く、高崎家との美しい交友つづけるつもりでございます。

まずは、貧者の一灯、まごころからの祝辞を。

そのうち、飲もう。

太宰治

一月三十日

高崎英雄雅兄

〔註〕
（1）伊馬鵜平（春部）氏。

63　高田英之助宛

昭和十四年一月三十日甲府市御崎町五十六番地より東京府大島元村柳川館本館
高田英之助宛

おたより繰りかえし繰りかえし、拝誦いたしました。要はあまり、塵事世評を、お気になさらぬほうがよろしいと存じました。君と、すみ子さんと、お二人の愛情は、これはもうたしかなんだし、あとは、本社のほうをうまくあやなしながら、充分静養なされば、それが天下の大道です。旭日さんとして大道、無門です。

あとのいざこざ一切、お気になさらぬほうよろしいと存じます。

私は、こう思うのだが、兄上様やその他の肉親のかたのおもわくは、このさい二のつぎにしても、だいいちは、おつとめさきの阿部さん[1]、阿部さんの奥さまの言うこと聞いて、甘えること最も肝要。肉親はいつでも話せばわかるようなもので、多少のむすぼれも、君のつとめにさえ、大きな失態なかったら、（また君は、僕などとちがって、そんな失態やらかすおそれ万々無い）やがては水ぬるむが如く、悉皆氷解するにきまっている。それは信じなければいけません。血は水よりも濃い、というではないか。

君のおつとめの関係から、（つとめさきの四囲の事情から、）やはり大島にておとなしく動かず静養していたほうが、阿部氏御夫妻にもお覚えいいとなら、大島に居るのが最上策と思います。「叡智を磨け。」

兄上様を怒らせても、阿部氏を怒らせてはいけないと思います。君の将来のための損徳（そんとく）を考えます。そんなこと考えるのは決して、いやしいことではないと信じます。将来為す有るところの男ほど、そこんところの順序をちゃんと分明させて置く必要あるのではないかと思います。もっとも僕は、いままであまりそんなこと考えず目茶な行動多かったので、たいへん損をいたしました。前車のくつがえるを見て、よくいましめとなし給え。

阿部氏の奥さんが、すみ子さんを大島へ連れていって下さる、という話聞いたので、それはいい、絶好の機会だ、ぜひ行くように、と私は、すみ子さんに大いにすすめました。

阿部氏の奥さんが、わざわざそう言って、すみ子さんをいたわり、連れていって下さるとおっしゃるのに、「いいえ、百ヶ日精進けっさいしろと、お兄上様のお言葉です」といって、すみ子さん断ったら、阿部さんの奥さんにすまないし、君の損になるような気もして、私は、お兄上様には怒られてもいいから、それは阿部氏の奥さんに連れていってもらったほうがいいと、大いに言いました。

二十一、二日のことでした。それから、私も斎藤様宅へまいりませんので、様子わからず、きょう君の手紙で、すみ子さん御病気のこと、はじめて知ったところだ。今夜にでも、早速お見舞いがてら、奥さんにも、すみ子さんにも、委曲、君の微衷、意の存するところ、君のプライド決して傷つけることなく、申し上げてみるつもりだ。お伺いした結果のことは、後便でお知らせします。どうも、くるしいね。深くお察し申しています。ぼくなど、いままでの、あまりの苦しさに、いまは、多少苦悩ぼけしている感じだ。君も少し、呆（ぼ）ける必要あるぞ。

〔註〕

（1）阿部真之助氏。

64　井伏鱒二宛

昭和十四年二月四日甲府市御崎町五十六番地より東京市杉並区清水町二十四番地井伏鱒二宛

拝啓

雑誌社で、私の原稿百枚を紛失いたし、[1]只今も、八方捜査の模様で、その責任者からも、誠心誠意の、おわびの手紙も来て居りますし、私はあきらめようと思っています。

災難は、いたしかた、ございません。あまり外部に知れると、その責任者も、くるしい立場になるだろうと思いますし、私は、このこと誰にも言わぬつもりで居ります。井伏様も御内密にねがい上げます。誰がわるいというのでも、ございません。責任者も、日夜、心をくだいて、警視庁にまで、たのんだそうですが、どうやら絶望らしく思われます。

その責任者にも、「災難は神様でないかぎり、誰にでもあることなのだから、決して、思いつめては、いけませせぬ。」と私の心のままを、きれいにあきらめていることを、そのまま言って、なぐさめてあげました。

竹村書房へは、ほんとうにお気の毒で、「イサイ承知、原稿すぐ送れ」と電報よこして下さって、私も、「それではお約束します、一週間以内に原稿まとめて送ります。」と約束の挨拶はっきり書いて送り、とにかく原稿百五十枚は、すぐそろいましたが、あとの百枚は、なかなか送ってもらえず、案じて居りましたところ、右のような事情判明したのです。

百枚を、いますぐ、書き上げるのも、たいへんですし、もう、二ヶ月くらい、竹村氏に待ってもらうよう、私、これから竹村氏に、おわびと、お願いの手紙、出してみます。

せっかく井伏さんのお言葉にて、私もはり切って居りましたところ、こんなことになって、――でも、旧稿は、思い切って捨てるべし、ただ、筆硯をあらたにして新稿に努めよ、という神様の指図なのかも知れぬと思い、遅筆をふるって、仕事つづけてゆきます。

私事をのみ、書きつらね、ごめん下さいまし。

兄上様の御不幸にて、さぞお心むすぼれがちのことと深く深く拝察申し上げます。どうか皆様、御元気にて、わたらせられるよう、祈って居ります。

私、こちらの仮住居にて、いまのところ身辺の不自由も、ございませせぬゆえ、もし、お邪魔でなかったら、いま二、三ヶ月、私の机やら行李やらごたごたのもの、物置に、放置しておいて下さいませんでしょうか、おねがいいたします。また、為替、もしできるなら、家で直接こちらへ送って呉れたら、お手数ずいぶん省けて、このうえないので、ございますが、私の家では、まだまだ、私を全く信用して、直接送るように、して呉れないのではないか、と思います。それは、むずかしいことのように思います。ほんとうに、その都度その都度、お手数おかけいたし、さぞわずらわしゅう、ございましょうが、どうも、直接送ってもらうこと、困難のように、思います。三月には、中畑氏が甲府へおいでの由、そのとき私からも、伺ってみますから、どうか、もうしばらく、さぞ、お手数でございましょうが、いままでどおりにして、お助け下さいまし。

英之助氏、二月十八日に、甲府へ須美子さんを受け取りに来ることきまって、これで四方八方円満、斎藤さんの奥様も、ごきげんなおって、なによりのことと、私まで、よろこんで居ります。英ちゃんと、斎藤家の間に立って、私もいささかはたらき致しました。少しは私でも、ものの役に立って、私は、うれしゅうございます。

私たち、至極、健康で、私は、ふとったそうです。それから「文体」のこと、編輯部と、それから北原武夫という人と、二方面から、「指定の箇所、必ず訂正して置くから、安心するよう」ていねいに御返事いただきました。私も安心いたしました。

ほんとうに、二月号は、失礼いたしました。繰りかえし、衷心より、おわび申します。

奥様へも、御不幸に負けず、お元気でいらっしゃいますよう、よろしく御鳳声下さいまし。

月末の書留、昨夕、ありがたく頂戴いたしました。

ほんとうに、お元気で、陽春、お迎えなさいまするよう。

井伏鱒二様

修治拝

〔註〕

（1）この紛失した原稿は、遂に発見されなかった。雑誌社の名前も分らない。太宰はこのことを誰にも口外しなかった。美知子夫人の話によると、それほど苦にもしていない様子であったという。不足した枚数は、その後書き継いで、三月下旬に、とりまとめた書下し短篇集「愛と美について」の原稿を、竹村書房に送り、五月に刊行された。

65　高田英之助宛

昭和十四年二月四日甲府市御崎町五十六番地より東京府大島元村柳川館本館高田英之助宛

拝啓　先刻は私も、うれしさのあまり、早速電報いたしました。斎藤家でもこころもちよく、貴兄の御申込受けて下され、須美子さんも近来になく、大はしゃぎでございました。貴兄のあの明朗、爽快の御返事に接し、私は飛んで斎藤家へ馳せつけ、高田君の誠意、愛情、わりに率直に言い尽し得たと、思っています。

　母上に於いても、近ごろになく上々気嫌にて「それでは十八日、こんどこそ、誰がなんと言おうと英ちゃん、おいで下さる、日に焼けたかしらん、ふとったかしらん」と。母上は私の拝察するところに依ると、経済やその他俗事の顧慮ではなしに、純粋に君の健康と、将来を思い、愛娘（まなむすめ）の、よいおむこさんとして、その進退をご心配なされて、居られるとしか思われません。

　十八日には、きっと、きっと、間違いなく（誰がなんと言おうと）振り切って、一路甲府へ来て下さいね。これはほんとに、（僕からも）たのみます。もう、もう、絶対にそれを変更してはいけません。ゆるしませぬぞ。

　甲府へ来て、すぐ須美子さんを連れてかえるよりは、一、二日甲府で静養なさること、君のおからだのためにも、おすすめします。また、私の内偵するところによると、斎藤家でも、君に、一、二日いてもらって近親二三のひとに、君を見せたい切願も、秘めて在るらしく、斎藤さんでは皆様気が弱いから、君に強制することもできず、なんでも君の気のままにするよう努めて居られるようだが、やはりせっかく君が甲府へおいでなら、そのときついでに、（あとでまたあらためて君たち御夫婦甲府へ来るとなれば、それこそ土産ものやら何やらでたいへんだろうから、）いっそこの機会に、近親二、三のものに君を紹介して置きたいものだが、という切願をも秘めていて、けれども君に遠慮して、あらわには言い出しかねて居られるようなふしが、たしかに見受けられますから、君も、いままで、須美子さんを淋しがらせた罰として、（それは君の責任でもなし、また、君だって須美子さん以上に淋しかったにちがいないのだが。）そこは魚心、水心、というではないか、もし、できるなら、部長さんにも事情よろしく打ち明け、一、二日甲府に居られるよう取りはからってもらったほう、斎藤家にしても死中の活の如く大威張りになれる御様子、なるべくなら、十八、十九、二十日の日に御帰京なさるほうよろしいのではないか、と私は思います。とにかく、そのように部長さんに御相談してみて下さい。

その他、なんにもございません。それだけ、して下さったら斎藤さんのほうへも、君は大威張りでいてよろしい。君のいままでの苦労は皆さま、知って居ります。あとはただ、おからだ大事に、おつとめ抜け目なくよろしくやって下さい。（須美子さんとの愛情は言うもおろか）

それでは、十八日には、きっと、きっと、たのみます。（十八日、僕のとこへなぞ、わざわざ義理立てて来るに及ばぬぞ、逢ったって、一緒に酒も呑めぬのだし、僕のところには来るに及ばぬぞ。一時間も永く、斎藤家と共に在ること、肝要）

何か御不自由なものあれば、なんでも遠慮なく言って寄こして下さい、と、これは斎藤さんの奥さんからの内緒の御伝言です。奥さんに直接言いにくいときには、私までお申越下されば、私すぐにお取つぎ致します。奥さん、なんでも心得ておいでだ。いろいろせん越のこと申しました。こんな無法者もひとりいなければ、事がいよいよこんぐらかるばかりと思ったから、柄にない、ふんべつくさいことばかり申しました。でも、結果は、わるくなかったように信じます。

重ね重ね、非礼おわび申します。十八日、たのみました。

66 高田英之助宛

昭和十四年二月八日甲府市御崎町五十六番地より東京府大島元村柳川館本館高田英之助宛（絵はがき）

おハガキ今朝頂戴いたし、私も全く安心いたしました。この上は、一意御養生なされ、微熱を征服して下さい。私もいままで、ずいぶん貴兄に、ぶしつけの出しゃばった忠告など致し、内心、汗顔の思いでございましたが、少しでもお役に立てば、と思い、がらにないことさせていただきました。須美子さんとお二人、御幸福に、これからお暮し下されば、私は、もうそれだけで、大よろこびです。

67　高田英之助宛

昭和十四年二月二十一日甲府市御崎町五十六番地より東京府大島元村柳川館本館高田英之助宛

拝啓　心配しなさんな。あとで、ぶつぶつ言うようなこと、決してありません。私のことは、心配しないで下さい。

十八日には、ちょっと甲府へ顔出しして、斎藤家御厳父にだけでも、挨拶したら、斎藤家でもすべて釈然として、須美子さんを更に秋までおあずかりすることを快諾なさるだろうし、そうすると君も心持ち軽く大島へ帰り、御養生専一できると思い、なるべく、ちょっとでいいから十八日甲府へ顔出しすることおすすめしたのですが、どうもうまく行かなかった様子で、ただそれが残念ですけれど、でも、すべては君の健康、遠い将来のこと、第一に考えるが至当と存じ、私はいまは光風霽月であります。

十八日の朝、斎藤さん、須美子さん、私、三人で井伏さんのお宅へ行き、私と須美子さんと二人は、甘粕氏の許へ、君をたずねて行ったのですが、すでに君が出発した跡だったので残念でした。十八日には、井伏さんのお宅へ泊って、私ひとり十九日に甲府へかえって来ました。

このごろ仕事がバカにいそがしく、毎日十枚ずつ必ず書かなければ、本屋との約束やぶる結果になるので、からだにムリとは知りながら、武者振いして書いています。

お手紙、こんなそまつな字で、すみません。二十五日になると、一つの仕事がすみますから、そのとき、また、ゆっくりおたよりしましょう。くれぐれも心配なさらぬように。

68

高田英之助宛

昭和十四年三月十日甲府市御崎町五十六番地より東京府大島元村柳川館本館高田英之助宛（絵はがき）

きょうはお手紙ありがとう存じます。読んで涙ぐましくなりました。ほんとうに世の中はくるしいことばかり多くて、お察し申し上げます。私も只今、毎日へとへとの難航です。

どうかがまんして御全快なさるよう。エハガキ、ヨシツネ雌伏苦行の間、しばらく眺めていて下さい。

69　中畑慶吉宛

昭和十四年三月十日甲府市御崎町五十六番地より青森県五所川原町旭町中畑慶吉宛

拝啓
昨夜は遠路はるばる、おいで下され、御厚情、身にしみて感佩いたしました。さぞや、お疲れのことで、ございましたでしょう。

なんのおかまいもできず、恥ずかしゅう存じます。

他日かならず、今日までの山ほどの御恩の万分の一にても、お報いする日もあるか、といまは、それのみ、胸に誓い、決心かたきもの、ございます。

何卒、奥様はじめ、皆々様にも、よろしく御鶴声のほど、願いあげます。

愚妻も、御光来に感激いたし、なんのおかまいもできなかったことを苦しく思っている様子でございます。御海容のほどねがい上げます。

敬　具

三月十日

修　治

中　畑　慶　吉　様

70　中村貞次郎[1]宛

昭和十四年三月十一日甲府市御崎町五十六番地より青森県東津軽郡蟹田村字中師中村貞次郎宛

拝啓

私こそごぶさた申して居ります。このごろ仕事が少しずつすすんで居ります。四月号は、「文藝[2]」と「文學界[3]」にそれぞれ創作を発表いたしました。これは、いずれも下手くそなので、恥ずかしいものです。四月中には、書き下し短篇集を竹村書房から出版いたします。全部未発表の短篇を集め、二百五十枚いちどに出版発表するのです。いい本にしたいと思っています。本ができたら、きっとお送りいたします。蟹のこと[4]、ありがとう。大いに楽しみにしてお待ちして居ります。

そろそろ新学期にて、学校もおいそがしゅうございましょう。どうか、たっぷり自信を以て、現職を愛し、誇りを以て児童教育に努めて下さい。いずれ、また。

(昨日、井伏さん甲府の拙宅へ一泊いたし、その折、君のお噂して大いに君をなつかしんだことでした。)

〔註〕

（1）　青森中学校時代の同級生。蟹田町在住。現在、公民館館長。長篇「津軽」には、昭和十九年の春、中村氏と共に津軽地方を旅したことが書かれている。

（2）　「懶惰の歌留多」。

（3）　「女生徒」。美知子夫人は、「御崎町から三鷹へ」（八雲版太宰治全集附録第四号）という回想記で、この作品にふれて、次のように書いている。

「昭和十四年の一月末頃だったと思う。甲府の御崎町の家から上京した太宰が、一冊のノートを持帰った。それは伊東屋の大判ノートに認めた日記で、この主は、A・S子さんという未知の読者で、多分、太宰が、甲州に来ている間に、前年夏まで居た、荻窪の下宿に宛てて送ってきてあったものかと思われる。これに拠って、八十枚の『女生徒』が出来た。S子さんのノートは、四月三十日から、八月八日までの日記で、所々、太宰が○印をつけたり、表紙裏に、細字でぎっしり、メモを書き入れたりしている。『女生徒』の題名は、当時、机辺に在った、フラピエの岩波文庫本の『女生徒』からとった。『女生徒』『マルゴ・ミミパンソン』『オネーギン』などの岩波文庫本は太宰が愛読し人にもすすめて、そのころ、始終、買っては人に上げ、又買うといったことを、くり返していた。」

（4）　蟹は太宰の大好物であった。

71 亀井勝一郎宛

昭和十四年四月二十日甲府市御崎町五十六番地より東京府下武蔵野町吉祥寺二七六一亀井勝一郎宛

拝啓
本日は、御高著[1]、いただき、ありがとう存じます。

衷心より、お礼申上げます。いつも、兄の友情、身にしみてわかるのです。

私も、いまは自重して、おのれの才の貧しさも、学殖の不足も、はっきり、知って、すべて、これからと、勉強し直して居ります。

もう二、三年も経ったら、どうにか、少しはいいもの、書けるような気がいたします。

ただいま懸命に、再出発の準備して居ります。

無慾、叡智、意志、この三つに就いて、多少、思い当るところ、あるのです。

気永に、やってみます。

兄の、やさしい、誠実の友に、なるつもりであります。

太宰　治

四月二十日

亀井勝一郎様

〔註〕

（1）「東洋の愛」。昭和十四年四月、竹村書房刊行。

72　高田英之助宛

昭和十四年四月二十一日甲府市御崎町五十六番地より東京府大島泉津村森口館

高田英之助宛（はがき）

拝啓　私こそ、ごぶさた申して居ります。今度元村から泉津村のほうへお移りの由、お元気の様子、なによりと、よろこんで居ります。なんだか、いやにほのあたたかく、かえっておからだにさわるのではないでしょうか。ほんとうに、お気をつけて、早く丈夫になって下さい。「文藝」のもの、あれは、私にとっては、面目ない「面壁九年」、その他ですが、あなたは、からだがわるいのですから、決して気にしないで下さい。そのうち、またおたより申します。このごろ、なんだかいそがしく、落ちつきませぬ。

井伏さん、四国へ御旅行の模様也。

73 山岸外史宛

昭和十四年五月四日甲府市御崎町五十六番地より東京市本郷区駒込坂下町十二番地椿荘山岸外史宛（絵はがき）

謹啓
私こそ、ごぶさた申し居りました。おゆるし下さい。僕も、今月末か、来月末には、甲府を引き上げ、も少し、東京へ近いほうへ、移住しようと思って居ります。その時は、また二人で野道を散歩しながら、いろいろ貴兄の御意見承りたいと望んで居ります。
誰も、話合う人が無いので、このごろの私は、少しノロクサなっているかも知れません。しかし、もう、あまりみっともなくきょろきょろしないつもりです。謙譲ということは、ほんとうの謙譲ということ、少しわかってまいりました。私は、まだ、まだ、だめです。やっとわかりました。自分のちからの限度を知りました。私は、まだ、まだ、だめです。毎日、努めて、何かと仕事つづけて居りますが、いずれも甘ったれた習作のみで、いまは、もう十年、ながいきしたいと、つくづく思って居ります。貴兄のやさしいお言葉の真意、このごろよくわかって来ました。いままでの自身の傲慢が、恥かしくて、たまりません。「文筆」の六月号[1]に貴兄のお仕事のこと、ほんの少し書きましたが、御海容下さい。

〔註〕
（1）六月号ではなく、七月号に、山岸外史氏著「人間キリスト記」と、山崎剛平氏の随筆集「水郷記」に就いて、「人間キリスト記その他」（「もの思う葦」収録）という感想文を書いている。

74　中畑慶吉宛

昭和十四年五月二十六日甲府市御崎町五十六番地より青森県五所川原町旭町中畑慶吉宛

拝啓
ごぶさた申して居ります。その後、そちらでは、皆様お変りございませぬか。当方は、無事です。どうにか、やって居りますゆえ、御安心下さい。

　甲府では、やはり仕事の上で、何かと便利わるく、井伏様とも相談の上、六月上旬に、浅川、八王子、国分寺、あの辺を捜して、恰好の家を見つけ、移転するつもりです。あの辺だと、東京まで一時間くらいで、そんなに訪問客もないでしょうし、また、甲府ほど不便でもなし、仕事には、ちょうどいい、と思います。荻窪辺だと、一ばん便利なのですが、いま貸家は、絶対に無いそうです。こんど本(ほん)を出しましたので、(1)本屋から二、三百円もらいますから、そのお金で引越しするつもりです。

　少しずつ評判があがっています。金木の皆様にも、よき機会によろしく申し上げて下さい。

　こないだ、国民新聞で、中堅、新進三十名に小説を書かせて、一ばん年少の私が、意外にも一等をもらいました。(2)新聞の切抜き同封いたしました。

　六月中旬までには、もう一冊、「女生徒」(3)と題する小綺麗な短篇小説集、砂子屋書房から出版する筈になって居ります。できたら、また、お送り致します。

　一日も早く、自活できるよう努力して居ります。

　末筆ながら、奥様にどうかよろしく。

修治拝

中畑様

〔註〕
（1）　書き下し短篇集「愛と美について」。
（2）　国民新聞が企画した、新進作家三十人の短篇小説コンクールに、太宰の「黄金風景」（「国民新聞」昭和十四年三月）が、上林暁氏の「寒鮒」と共に当選して、賞金五十円を得た。このときのことは、随筆「当選の日」に委しく書かれてある。
（3）「女生徒」は、七月、砂子屋書房から出版された。ちなみに、「女生徒」の装幀は、五十九、中畑慶吉氏宛の手紙に、名前の見える、太宰にとっては義兄に当る、山田貞一氏がしたものである。

75　高田英之助宛

昭和十四年五月三十一日甲府市御崎町五十六番地より東京府大島泉津村森口館
高田英之助宛

拝啓　けさは、拙作に、懇切の御感想下され、まことの友情をお言葉の奥に感じ、ありがたく思いました。おからだも、順調の御様子にて、何よりと、うれしく存じます。秋まで、といっても、もうすぐですものね。貴兄のいままでの忍耐に、美しい花の咲く日、待って居ります。

私どもは、六月中に、甲府を引き上げる予定ですが、東京市内には、とても家が無いので、浅川、国分寺、あの辺を、捜してみるつもりです。東京市の中央には、少し遠く一時間以上も、かかるでしょうが、でも、それくらいの不便は、忍ぼうと思って居ります。

先日、斎藤さんへ、久しぶりで、お邪魔にあがり、ごちそうに相成りました。ゆうべは、練兵場のほうへ散歩し、ホタルを二十ちかくとりました。甲府のホタルは、大きいですね。

只今、くるしい仕事にとりかかって居ります。難渋しています。草々

76 木山捷平宛

昭和十四年七月二十五日甲府市御崎町五十六番地より東京市杉並区高円寺五丁目八百八十二番地木山捷平宛

拝啓
御高著けさ拝掌いたしました。心からお礼申上げます。「抑制の日」という題で、

ハット思うものがありました。懸命のお姿ハッキリわかるような気がいたします。豚妻の老母は、出石の産の由にて、老母からいろいろ出石の風物詩聞きました。何かの縁を感じました。

これから拝読するのがたのしみです。

私は木山捷平の読者です。相共にはげみたく存じて居ります。

けさは不取敢お礼まで。

敬　具

七月二十五日

太　宰　治

木　山　捷　平　様

77　高　田　英　之　助　宛

昭和十四年八月八日甲府市御崎町五十六番地より東京府大島泉津村森口館高田英之助宛（はがき）

拝啓　拙作を、いつも、いたわって、かゆいところに手のとどくよう、行間空白のところまで、やさしく読んで下さるので、お手紙拝読しながら、私は、幾度となく、赤面しました。ほんとうに、いたわってくれるので、かえって貴兄の愛情に頭を下げたい気持になるのです。御近況、井伏様、斎藤様より、承って居ります。こんどお逢いするときまでには、ずいぶん元気になっていて下さい。私は、信じています。ゆうべ、斎藤様より、送別のごちそうに呼ばれました。こうして、私たちにごちそうして下さるのも、みんな高田君のためを思ってのことなのだ、と思ったら、よそながら親心というもののありがたさ、涙ぐましくなりました。斎藤様御一家、皆様お元気で、いろいろ高田君のお噂いたし、なつかしがって居りました。島にいるあいだ、ひそかに日記、短歌など書きためるのも一興と存じます。島の旭日は、美しいようですね。(私たち、十日頃、移転の筈です。移転したら、お知らせいたします。豚妻からも、くれぐれもよろしく、とのことです。)不一。

78

山岸外史宛

昭和十四年八月十日甲府市御崎町五十六番地より東京市本郷区向ヶ丘弥生町一番地弥生アパート山岸外史宛(はがき)

拝啓
御転居敢行なされて、今年の秋は、大いにお仕事すすむことと存じられます。私も、ことしの秋は、がんばらなければなりませぬ。三鷹の家が、予定どおり完成せず、たいてい十日ごろと家主から言って来ましたが、今明日あたり、確実の知らせ来るだろうと思っています。予想とちがったので、イライラ仕事も出来ず、毎日毎日、本ばかり読んでいます。移転したら、すぐお知らせいたします。
いずれ、東京で万々。
草々

太宰は御崎町の家に、一月の始めから八月の終りまで住んでいた。この御崎町時代のことを顧みて、太宰自身は、敗戦後の執筆になる「十五年間」の中で、「これまでの生涯を追想して、幽かにでも休養のゆとりを感じた一時期」と云っている。

「太宰治集」の井伏氏の解説中に挿入してある、美知子夫人の手記には、「この当時は、朝も割合早く午過ぎまで机に向い、三時頃、近くの喜久の湯に行き、四時頃から、湯豆腐で飲み始めるといった日課でございまして、来客に煩わされることも少く生活の心配もあまり無く、安らかな日々で、酔うと、義太夫をうなり出したり、変にからんで私を泣かせたり、勝手気儘に飲んで、九時頃つぶれて大鼾で寝てしまうのでした。」と書いてある。

この頃、太宰は二度、小旅行をした。五月に、妻と共に、上諏訪、蓼科温泉に遊び、また六月には、妻の身内と一緒に、三島、修善寺、三保ノ松原に遊んだ。

東京府下三鷹村の家に、太宰が移ったのは、九月一日である。美知子夫人の「御崎町から三鷹へ」という回想記には、「九月一日に、三鷹村の新しい家に越した。二十七、八円の家賃を出せば、も少しいい家もあったのだけれど、生活は最低に、背水の陣を布いておきたいといって、二十四円の小さい家をそれも三軒並びの一番奥をえらんで借りるという消極戦法であった。当時は、南の方が、はるか向うの森まですっかり畠でいもの葉が風に反り、赤い唐辛子が美しかった。」と書いてある。

79 雨森たま[1]宛

昭和十四年十二月十四日東京府下三鷹村下連雀百十三番地より東京市四谷区本村町二十九番地雨森たま宛

拝啓

昨日はいろいろとお言葉をいただき肉親のおなさけが身にしみました。これまでの伯母さまの御心労に対しては、きっと神仏のごほうびが在ると私は信じます。どうかおからだを大事になさって、御一家繁栄の末始終を見とどけるようになさって下さい。伯母さまはとてもいま大事なおからだなのですから。意あまって、言葉もろくに出ませぬ。おゆるし下さい。

ほんとうにゆうべはありがたいやらうれしいやら、家へ帰って寝てもなかなか眠れませんでした。

私もどうにかまじめにやって居ります。卓三郎様はもとからすぐれた人なのですから、ほんとうに、もうちっとも御心配要らないと思います。立派に御出世なさることと信じています。

お天気のいい日には三鷹へもお遊びにいらっしゃい。

皆さまにもどうぞよろしく。まずは取敢えずゆうべのおわびとお礼まで。

敬具

十二月十四日

修治

伯母上様

ミッチャン遊びにいらっしゃい。

〔註〕
(1)　太宰の父の妹。

丁度、この手紙の解説になるような文章を、太宰自身書いているので、それを全文、ここに引用する。随筆「このごろ」の一（「国民新聞」昭和十五年一月）が、それである。

「南洋パラオ島の汽船会社に勤めている従兄があります。名前を云えばわかるかも知れませぬがわざと書かない。この従兄は十年前に或る政治運動に献身して捕えられ、殆ど十年近く世の中から遮断せられ、このごろ出ることを許され、今は南洋パラオ島で懸命に働いているのであります。先日南洋から手紙が来て『東京の家にはお前の唯一人の叔母たる小生の母と、小生の妹と家内と三人で佗しく留守をしているから一度訪ねて行きなさい』とそれに書かれてありましたが、私はそれに返事して『僕にはとても行けない。僕は今まで色々の馬鹿の事をしているので、肉身とは当分、往来出来ないことになっているのだ、故郷の家とも音信さえ許されていない有様だし、また僕がのこのこ親戚のお宅へ顔を出したら故郷の母や兄はやがてそれを聞いてあの馬鹿がと恥かしい思いをするであろう。いい恥さらしだといって嘆くかも知れない。僕は肉身の誰とも顔を合せることが出来ないのだ、僕は叔母さんの所へ行きません』と書きました。

折り返し南洋から絵葉書が来て『おまえの手紙を読みました。おまえの之までの業蹟に就いては親戚の者共、いずれも心配していた様である。けれども、過去のことは申すな。過去の事を申せば、小生ごとき天下に隠れも無いではないか。そういうことは気にかけないようにしましょう。是非いちど小生の東京の母を訪ねなさい。小生の母も病弱で、おまえの父上同様、長命は保証できません。おまえの故郷の方には、小生の家から別に何とも言うわけで無し、誰にも知れる気づかいは無いのだから、安心して一度たずねてやって下さい。母も、どんなに喜ぶか知れない。小生、このごろボオドレエルを読み返し、反省悔恨の強烈を学びつつあります』

という言葉だったので、私も之以上、愚図愚図しているのは、かえって厭味な卑下だと思い、叔母を訪ねることにしました。

省線の四谷駅で降りて、薄暮、叔母の家を捜し当て、殆ど二十年ぶりで叔母と対面することが出来ました。叔母はもう、いいお婆あさんになっていました。従妹など、以前見たときは乳呑児であったのですが、もう、おとなになっていました。その夜は叔母から、いろいろ話を聞きました。帰途は、なんだか、やり切れない気持でありました。肉親というものは、どうして、こんなに悲しいものだろう。省線に乗ってからも、あれこれ思い、南洋の従兄の健闘を一心に祈っていました。」

80 高田英之助宛

昭和十四年十二月十五日東京府下三鷹村下連雀百十三番地より東京市世田谷区松原町二丁目五百七十四番地ムサシアパート高田英之助宛

拝啓　けさはうれしいおたよりいただきました。おめでとうございます。今日までのおふたりの精神的の御苦闘も、これから神様のごほうびに依り、充分に報いられることを、信じます。

どうか枝葉末節は気になさらず、強い御家庭を創って下さい。ほんとうに男児の仕事は三十歳以後です。充分の御自信を以て、ゆっくりと経営なさるよう。

待ち待ちて　ことし咲きけり　桃の花
白と聞きつつ　花は紅なり[1]

不取敢　衷心からの祝意を
奥さまには、くれぐれもよろしく。

春服の色　教へてよ　揚雲雀

〔註〕
（1）「葉桜と魔笛」（「若草」昭和十四年四月号）の中に、この自作の和歌がある。

81 村上菊一郎宛

昭和十四年十二月二十三日東京府下三鷹村下連雀百十三番地より東京市杉並区馬橋四丁目四百五十二番地村上菊一郎宛（はがき）

謹啓
今日は、御高著[1]を私へも御恵送下され、御厚志身にしみます。何よりのたのしみとして、ゆっくり読んでゆきたく存じて居ります。おひまの折には、三鷹へも御散歩の途中などにお寄り下さい。

もう武蔵野は黒っぽい枯野原になってしまいました。

よい新春をお迎えなさいますよう。不乙。

〔註〕

（1）　ボードレール全集第一巻村上菊一郎訳「悪の華」（昭和十四年九月、河出書房刊）

この年、太宰が発表した作品は、「I can speak」、「富嶽百景」、「黄金風景」、「女生徒」、「懶惰の歌留多」、「葉桜と魔笛」、「八十八夜」（「新潮」七月号）、「美少女」（「月刊文章」八月号）、「畜犬談」（「文學者」八月号）、「おしゃれ童子」（「婦人画報」十一月号）、「デカダン抗議」（「文藝世紀」十一月号）、「皮膚と心」（「文學界」十一月号）等である。ほかに、単行本「愛と美について」、同「女生徒」が出版された。単行本「女生徒」は、この秋、岡崎義恵著「日本文学の様式」、山岸外史著「人間キリスト記」と共に、第四回北村透谷賞に選ばれ、透谷紀念賞牌を受けた。

甲州の土地は、太宰に再出発の生活をもたらした。新しく、配偶者を得ると共に、創作活動がとみに活潑になってきたことが窺われる。

82 井伏鱒二宛

昭和十五年二月二日東京府下三鷹町下連雀百十三番地より東京市杉並区清水町二十四番地井伏鱒二宛

謹啓

その後、おからだの工合いも順調の御模様にて(1)、何よりと存じ上げます。私も起きて、少し散歩の練習などして居ります。まだ傷口が(2)大きくひらいて、日に三度ずつ膏薬を貼りかえなければならない有様でございますゆえ、荻窪へお伺いしたくてならぬのですが、ままになりませぬ。もう一週間もしたら、自由になると思います。

書留のことでございますが、もはや三年も、先生にお願い申し、さぞ、わずらわしくお気がかりのことと存じ、はらはらしながらも、私の無力から、故郷の信用もなし、直接に送ってもらうことも叶わず、また、それならば故郷から送金を一切断るほどの勇気も無し、きわめて醜く、まごまごして、三年も先生はじめ奥様、皆様のお手数わずらわし申してしまいました。今日、中畑様を通して兄上へ、お願いの手紙を書きました。私も、どうやら一月(ひとつき)平均五十円の稿料がはいりますから、いままで通り九十円の送金では心苦しく思いますから、相当減額して下さるよう、私のほうから願いました。稿料だけでは、やはり、いまのところ自活の自信が、ございませぬし、また、病気になったりした時には困りますから、もし故郷で、もう一年なり半年なり送金してくれるならば、お願いしたいと思っていますが、九十円でなくても、どうにかやって行けるようですし、また、やって行かなければなりませぬし、私のほうから故郷へ減額のことを、（なんの駈け引きでもなしに、）たのんでみました。私も三十二にもなって、心苦しいのです。だいいち、みっともないと思います。本年中には、どうにかして、自活の基礎を打ち樹ててしまいたいと、念じて居ります。

世の中は、不慮のこともあり、なかなか思うままに行きませぬけれど、一日も早く、ちゃんと、名実ともにひとりまえになり、卑屈の殻から脱れたいと思います。故郷で、減額のうえ、もし、しばらく送金下さるならば、どうか三鷹のほうへ直接に送ってくれるようにお願いして置きました。やがて、中畑様から御返事もあることと存じます。それまでは、お邪魔でも、もし書留がまいりましたら、お手許に保管なさって置いて下さいまし。ほんとうに、汗顔なのであります。地味に、着実に努力しているつもりでございます。きょうまで生きて居れたのも、すべて、おかげさまでございます。ここまで、たどり着いたのも、やっとのことでありました。何もかも、先生の教えに依って、たどりつけたのであります。小説はまだまだ下手で、とてもお見せするほどのものはありませぬ。でも、さまざまに書いて稽古して居ります。私は貧にもろいので、ふだんから気を附けて、借金など、死んでもせぬよう、生活をひろげず、けちに暮して居ります。丈夫になが生きして、御恩に報いたく思います。

岩月君[3]も、その後経過が、よいそうで、二月中旬に退院するつもり、とのお手紙もらいました。ホッといたしました。それから、先生の出版紀念会のこと、いつごろがよろしいでしょうか、二月末だったら、お酒少しおのみになっても、胃のほうに、さわりは無いでしょうか。やはり、三月頃がよろしいでしょうか。私も、そのうち、腫物のなおり次第、荻窪へお伺いいたしますが、その折、お教え下さい。先日、新田君が来て、そのとき先生の会のことを話しましたら、ぜひ出席させていただきたい、と意気込んでいました。また、下吉田の田辺君も、「新田君から手紙で会のことを聞いた、私も是非出席したいから、日時を教えて下さい、下吉田から馳せつけます、」というたよりが今朝まいりました。みんなたのしみにしているようですから、おからだ全快なさったら、会をいたしたいと存じます。

ゆうべ（一日夜）ここまで書いて寝ましたところ、けさ（二日朝）書留たしかに頂戴いたしました。やはり九十円では、すまない気持ちで、少し減額してもらうつもりであります。

ふやけずに、ぎゅっと心を引きしめて、精進するつもりであります。腫物のなおり次第、お伺いしたく存じて居ります。先生も、くれぐれも、おからだお大事になさって下さい。

二月二日朝

修　治　拝

井伏鱒二様

〔註〕

（1）　この頃、井伏氏は軽い胃潰瘍を煩っていた。

（2）　太宰は腰に瘍ができていた。「知らない人」（「書物展望」昭和十五年三月号）という随筆の冒頭に、この腫物のことを、委しく書いている。「ことしの正月は、さんざんでありました。五日すぎから、腰の右方に腫物ができて、粗末にしていたら次第にそれが成長し、十五日までは酒を呑んだりして不安の気持をごまかしていましたが、とうとう十六日からは、寝たっきりになってしまいました。悪寒疼痛、二、三日は、夜もろくに眠れませんでした。手術は、いやなので無二膏という膏薬を患部に貼り、それだけでも心細いので、いま流行しているらしい、れいの『二箇のズルフォンアミド基』を有する高価の薬品を内服してみました。（以下略）」

（3）　岩月英男氏。井伏氏に師事していた。

83 山岸外史宛

昭和十五年四月五日東京府下三鷹町下連雀百十三番地より東京市本郷区向ヶ丘弥生町一番地弥生アパート（はがき）

拝復

けさ、お葉書いただき、相変らずの兄の疑心を醜く存じました。私も、精一ぱいで努力しているのですから、これからも、私の言葉は、単純に信じていただきたいと思います。I can と、I cannot を、これからも、私は、はっきり言いわけて行くつもりでありますから。

佐藤先生のところへは、昨日早朝まいりました。日程どおりに参りました。先生在宅にて、私は用件を申し上げますと、先生は、「それは、私は発起人になるのは、かまわないが、山岸のほうでいやじゃない？」との事でしたので、私は「いいえ」と答え、いつかの夜、あれを、ふところから出して、読み上げました。先生も納得して、「発起人に、ならせてもらいますが、実は、十日から二十日まで、四国地方へ講演旅行に出なければならぬ。会の日を、もっと早くから聞いて居れば、あるいは、旅行の日程も都合できたかも知れないけど、いまは残念ながら出席できないようですから、山岸君にも、あしからず」と言う事でした。それから「芥川論は、まだ半分しか読んでいないので、まとまった批評もできぬが、自分も近く三百枚くらいで、芥川論を出版するつもりだから、山岸君の芥川論を大いに参考にさせていただくつもりです」と申していました。

たいへん御気嫌よろしく、上野、銀座など、お伴して一日歩きました。

四月五日

太宰は、この、佐藤春夫氏をたずねた日のことを、「東京八景」に書いている。右の手紙の解説になると思うので、その箇所を引用する。

「ことし四月四日に私は小石川の大先輩、Sさんを訪れた。Sさんには、私は五年前の病気の時に、ずいぶん御心配をおかけした。ついには、ひどく叱られ、破門のようになっていたのであるが、ことしの正月には御年始に行き、お詫びとお礼を申し上げた。それから、ずっとまた御無沙汰して、その日は、親友の著書の出版紀念会の発起人になってもらいに、あがったのである。御在宅であった。願いを聞きいれていただき、それから画のお話や、芥川龍之介の文学に就いてのお話などを伺った。『僕は君には意地悪くして来たような気もするが、今になってみると、かえってそれが良い結果になったようで、僕は嬉しいと思っているのだ。』れいの重い口調で、そうも言われた。自動車で一緒に上野に出かけた。美術館で洋画の展覧会を見た。つまらない画が多かった。（中略）美術館を出て、それから茅場町で『美しき争い』という映画の試写を一緒に見せていただき、後に銀座へ出てお茶を飲み一日あそんだ。夕方になって、Sさんは新橋駅からバスで帰ると言われるので、私も新橋駅まで一緒に歩いた。途中で私は、東京八景の計画をSさんにお聞かせした。

『さすがに、武蔵野の夕陽は大きいですよ。』

Sさんは新橋駅前の橋の上で立ちどまり、

『画になるね。』と低い声で言って、銀座の橋のほうを指さした。

『はあ。』私も立ちどまって、眺めた。

『画になるね。』重ねて、ひとりごとのようにして、おっしゃった。

眺められている風景よりも、眺めているSさんと、その破門の悪い弟子の姿を、私は東京八景の一つに編入しようと思った。」

84

伊馬鵜平宛

昭和十五年五月二日東京府下三鷹町下連雀百十三番地より東京市芝区神谷町十八番地仙石山アパート伊馬鵜平宛（はがき）

拝啓
きのうは、おつかれ様でした。案内係の労、まさに殊勲甲でございました。ありがとう。

お話の「盲人日記」[1]、おひまの折、こちらへ送っていただけないでしょうか、ぜひ読んでみたいと思います。

そのうち、また。

草々

〔註〕

（1）葛原勾当日記。「盲人独笑」（「新風」創刊号、昭和十五年七月）は、この日記を土台にして創作された。なお、この作品に関して、「文盲自嘲」（「琴」第一輯、昭和十七年十月）という随筆もある。

85　平岡敏男宛

昭和十五年五月六日東京府下三鷹町下連雀百十三番地より東京市杉並区天沼三丁目五百八十五番地平岡敏男宛

拝啓　先日は、愚著[1]に対して、過分のお言葉下され、恐縮、赤面致しております。

いちど、おたずねして、おわびやら何やら、つもる事も申し上げるつもりでおりました。そう心にかけながらも、何やかやとその日暮しに追われて、きょうまで、ごぶさた申してしまいました。どうか、おゆるし下さい。

上田重彦君から、五年まえの病気の時に、お借りしたものも、まだ、そのままになっておりますし、毎日心にせめられながらも、どうにもならず、たまにお金がはいってもつい手近かなところから、支払いをはじめて、仲々に、ままにならぬ事ばかりで、きょうまで、上田君には、もとより、仲へはいって下さった大兄に対しても、とても合わせる顔が無いのでした。いまは何も、女々しい言いわけは申しませぬ。私がいけないのですから、どうか、おゆるし下さい。たまに原稿料、印税が、はいっても生活のほうにまわってしまって、一ぱいだったのが、先日、故郷のほうから、少しばかりお小使いをもらいましたから、同封の額だけお送り致します。どうか、大兄から、上田君にお手数でも、送って下さい。

いまさら、お返しするのも、たいへん失礼な、ぶしつけな事で、私も、以前からお返しするのは、やめにして、そのかわりいつまでも昔の恩義を忘れず、後年において、もっと大きな事で、お返ししようとも思っていた事でしたが、でも又、考え直して、自分では、固くそのつもりでいても、先方には、その心の通ずるわけも無いのですし、いま、かりに、失礼をかえりみず、とにかくこれだけはお返しして、こちらの心底もわかってもらって、後はまたその後の事だ、というような気持にもなりましたから、ほんとうに、今更お返しして、へんな、ぶしつけなものですが、決してこちらは「返せば、それでいいだろう」等という非礼な気持では無いのですから、そこのところも上田君によろしくおっしゃって下さい。（おっしゃるのが、ごめんどうでしたら、この不文を同封して、上田君へお送りになってもかまいませぬ。）上田君も、いまさら受け取るのは、いやでしょうけれども、そこは、がまんをして、目をつぶって受け取って下さるよう、私も切望しております。どうか、よろしくお願い致します。ひどく、しどろもどろの手紙になりました。ウソでなく、汗をふきふき、書いております。どうか、意のあるところを、御賢察下され、上田君によろしくお願い申します。私も、いまは努めてじみな、精進をつづけております。流行作家にはなりたくありませぬ。つつましく、永くがん張りつづけてゆくつもりであります。

太宰治再拝

平岡敏男様

なお上田君の御住所は、御存じでしょうが、中野区小滝町東中野アパート石上玄一郎であります。

〔註〕
（1）単行本「皮膚と心」。昭和十五年四月、竹村書房刊。

86 山岸外史宛

昭和十五年五月二十三日東京府下三鷹町下連雀百十三番地より東京市本郷区向ケ丘弥生町一番地弥生アパート山岸外史宛（はがき）

すみれのおたよりを、いただきました。

御苦闘、御健闘のほどを、尊敬いたします。ちっとも御助勢できず、ただ、見ていなければならぬ無力な私自身を、内いつでも恥じていました。お役に立つためには、私も、も少しいい仕事をしなければなりません。来年あたりから、私も真面目（しんめんぼく）を、おめにかけられるような気がして居ります。バラは、両方とも、元気に咲きました。剪（き）って、花瓶に挿しました。毎日、水をやって居ります。大事に、おあずかりして居りますから、御安心下さい。

87　木山捷平宛

昭和十五年七月三十一日東京府下三鷹町下連雀百十三番地より東京市杉並区高円寺五丁目八百五十九番地木山捷平宛（はがき）

拝啓
今日は、御芳著[1]を私へも御恵送下され、心からお礼申上げます。ゆっくりと拝読させて、もらいます。この本を、机上に載せて、しばらく居たら、なぜだか、清潔な緊張を感じました。
御清適下さい。

不　乙。

〔註〕
（1）木山捷平著「昔野」。（昭和十五年、ぐろりあ・そさえて刊）

88

木村庄助宛

昭和十五年八月二日東京府下三鷹町下連雀百十三番地より京都府綴喜郡青谷村字十六木村庄助宛（はがき）

拝復　けさいただいた長いお手紙に対して、たいへん簡単な御返事を致します。おゆるし下さい。貴兄の文学が見込みがあるかどうかは、貴兄がこれから、もう五年、自重の御生活をなさってから、お答え致します。ちゃんとお約束いたします。私も、それまでは生きて居ります。

おからだがおわるい由、御恢復を祈って居ります。欺かざるの日記を、おからだに無理でない程度に、書いて居られるとよい。御母堂をお大事になさい。私から、お願いします。

不乙。

89

木村庄助宛

昭和十五年八月二十日東京府下三鷹町下連雀百十三番地より京都府綴喜郡青谷

村字十六木村庄助宛（はがき）

拝復　御保養と御勉強に努めて居られますか。私の事など気になさらず、君自身健康になられるよう黙々御努力下さい。「二十世紀旗手」は入手困難のようです。そのうち、新しい創作集の中に、その数篇の小説を編入しようと思っていますが、「二十世紀旗手」という小説一つだけは、京都、人文書院の「思い出」[1]の中にいれて置きました。それから、私のところへお品を送ってはいけません。なんだかおちつかない気持ちになります。それから、お手紙の封筒に、差出人の名前を書いていませんでしたが、ちゃんと書くようにしなければいけません。

私は読者の皆に、返事を書いているのではないのですから、君は、御自重下さい。

〔註〕

（1）選集「思い出」。昭和十五年六月、人文書院刊。

90　木村庄助宛

昭和十五年八月二十二日東京府下三鷹町下連雀百十三番地より京都府綴喜郡青

谷村字十六木村庄助宛（はがき）

拝啓　今日はお茶をいただきました。私はお茶をのむと夜ねむれないので、朝、仕事をはじめる前に、一ぷくいただく事に仕様と思います。いい、お茶ですね。ありがとう。こんどからは、お品をこちらへ送ることは、いけません。

不　乙。

敗戦直後、太宰が河北新報に連載した「パンドラの匣」（昭和二十一年六月、河北新報社刊）は、木村庄助氏の療養日記を素材にして執筆されたものである。製本された日記の一冊の背には、「太宰治を思う」と印刷してある。

木村氏は、昭和十八年に病歿した。そのとき、木村氏の父君、重太郎氏に宛てた太宰の手紙（昭和十八年七月十一日附）も残っている。

「拝啓　このたびの御不幸に就いては、私ごときなんともおくやみの言葉も出ない思いで、この上は御一家様せめて御変りなく御消光あそばされるよう祈るばかりでございます。庄助様の文才に就いては私もひそかに期待するところがございまして、けれども未だおとしもお若いし、もう五、六年も経ってからと思って居りましたのですが、まことに私も呆然たるものでございます。

日記はたしかに大事にお預り申上げます。ゆっくり拝読して故人の御遺志に添いたいと存じて居ります。
まずは不取敢、心からの御くやみを申述べます。敬具」

91　高田英之助宛

昭和十五年八月二十二日東京府下三鷹町下連雀百十三番地より東京市世田谷区松原二丁目五百七十四番地ムサシアパート高田英之助宛（はがき）

拝啓　こないだは、お顔を見る事が出来て、ひどく、うれしい気がしました。まとまったお話も、出来なかったけれど、でも、なんだか、心が休まりました。お苦しい時だと、思って居ります。私も、いつでも楽ではありませんけれども、貴兄のお心の陰影は、私にも多少は、覚えのあるような気がしています。としとると共に、だんだん自由に語れなくなりました。耐え忍ぶ者にこそ、光りあり、というような気持ちになって居ります。御散歩の途中には、気軽くお寄り下さい。（奥さんに、よろしく。遊びにいらっしゃい。）

92　山岸外史宛

昭和十五年十月六日東京府下三鷹町下連雀百十三番地より東京市本郷区駒込千駄木町五十番地山岸外史宛（はがき）

先夜は、私こそ失礼いたしました。きょうは、ごていねいな御指図をいただき、早速、庭に降りて、まわりを、うろうろ致しましたが、いま、みんな、どの枝にも可愛い芽が出て、花も、美事なのが（初夏のころよりも、ずっと大きい花が）咲いて、つぼみもたくさん附いているので、人情、切るに忍びず、ついにハサミを投じてしまいました。どうも臆病でいけません。いまは、貴兄の御来駕を待つばかりであります。おひまの折、早朝からでも、一つ、気保養がてらに、武蔵野へ、おいでになって下さいませんか。どうも、私では、切れません。明日（七日）は、私、家にいないかも知れませんが、八日は、いかがでしょうか。お天気のいい日でしたら、亀井君とハイキングなど如何。れいの文學界の話、お流れになったようです。

93　山岸外史宛

昭和十五年十月八日東京府下三鷹町下連雀百十三番地より東京市本郷区駒込千駄木町五十番地山岸外史宛（はがき）

拝啓

きのう早朝、林修平[1]が来て、私も市内に用事があり、出掛けるところでしたので、一緒に市内へ行き、私の用事をすまして、それから、一緒に横浜へ船を見に、ぶらりと行き、港でボンヤリして帰りました。林とわかれて、私は、新宿でひとりでちょっと飲んでいるうちに、貴兄のところへ、電話したくなって、電話いたしましたが、お留守でした。兄も、御多忙の御様子ですから、もしお疲れのようでしたら、ゆっくり休養の上、おひまの折にぶらりとおいで下さいまし。私、ちょっと作品を見てもらいたくも思ってるのですけど。

〔註〕

（１）林富士馬氏。

94

山岸外史宛

昭和十五年十月十二日東京府下三鷹町下連雀百十三番地より東京市本郷区駒込千駄木町五十番地山岸外史宛（はがき）

拝啓
一昨夜は、失礼いたしました。旅行[1]には、ぜひ行きましょう。ゆうべおそく井伏氏より速達あり、十四日（月曜）午前八時、新宿駅待合室集合との事、時間正確においでお待ちいたします。

不乙。

〔註〕
（1）佐藤春夫、井伏鱒二、山岸外史の三氏と連れ立って、甲府へ行った。

95

山岸外史宛

昭和十五年十月十九日東京府下三鷹町下連雀百十三番地より東京市本郷区駒込

千駄木町五十番地山岸外史宛（はがき）

拝啓
けさ、御手紙さしあげてから、亀井君のところへ、ちょっと立ち寄ったら、貴兄が昨日おいでになったという事を聞き、すまなく思いました。板橋の山田、義兄のところへ行っていたのです。井伏さん招待の件は、大賛成です。井伏さんも、「山岸君って、いい人だねえ。旅行してみたら、よくわかった」としみじみ言って居りました。保養からひきつづき胃が悪い由にて、近く保養に出かけるというハガキをもらいました。保養から、お帰りになった頃、どこか静かなところへ御招待致しましょう。なお、文学運動に就いては、私にても、多少の愚見があります。

いずれ。

96
山岸外史宛

昭和十五年十月二十三日東京府下三鷹町下連雀百十三番地より東京市本郷区駒込千駄木町五十番地山岸外史宛（はがき）

拝啓
ロマン派の問題は、いろいろむずかしいと思います、四方八方から考えて見たいと思います。私は自重論なのですが、兄からも御説を伺いたいと思っています。いずれ機会を作り、兄と二人きりで、ゆっくり話合ってみたいと思っています。さて、佐藤先生は、あの後また、甲府へ行き、ブドウ園の画を数枚画いて来られた由にて、その製作披露の内意もあり、二十四日、午後二時に、おいでという招待であります。午後二時に、小石川においで下さい。そのころ私も、佐藤邸へ行って居りますから。

97 山岸外史宛

昭和十五年十一月一日東京府下三鷹町下連雀百十三番地より東京市本郷区駒込千駄木町五十番地山岸外史宛（はがき）

拝啓
きのうは、朝から夜まで、いろいろ複雑に悲しみ、厳粛、親しさ、その他一ぱいの感動にて、言葉にするのも、しらじらしく、黙って、しまって置きたい、と思います。仏さまが、やすらかに眠るように祈って居ります。[1]私は、昭和十五年十月三十一日を、忘れる事は無いでしょう。
あれから、シャンクレエルに、山田君を捜しに行き、身ぐるみはがれて帰りました。
十円也は、やはり、近日いい機会に使わせていただきます。

不　乙。

一　日

〔註〕
（1）山岸氏の先夫人は、この頃死去された。

98　小山　清宛

昭和十五年十一月二十三日東京府下三鷹町下連雀百十三番地より東京市下谷区龍泉寺町三百三十七番地読売新聞出張所内小山清宛（はがき）

拝呈
原稿を、さまざま興味深く拝読いたしました。生活を荒さず、静かに御勉強をおつづけ下さい。いますぐ大傑作を書こうと思わず、気永に周囲を愛して御生活下さい。

それだけが、いまの君に対しての、私の精一ぱいのお願いであります。　不　乙。

十一月二十二日

私（編者）は、この頃、下谷の龍泉寺町で新聞配達をしていたが、一日、初めて未知の太宰さんをたずねた。太宰さんは気がるに会ってくれた。「生活は弱く、文学は強く。そんなふうに思っているのです。」と、太宰さんは私の問いに答えるというでもなく、自分から云った。その折り、私は太宰さんのもとに原稿を置いてきたが、太宰さんは右のような手紙をくれた。昨年（昭和二十八年）、私は初めて、「落穂拾い」という創作集を出したが、それに入れた「わが師への書」というのが、その原稿である。

99　山岸外史宛

昭和十五年十二月二日東京府下三鷹町下連雀百十三番地より東京市本郷区駒込千駄木町五十番地山岸外史宛（はがき）

おハガキを、いただきました。お酒を呑むと、私も、たいてい後で、わるかったかな？　いけなかったかな？　と考えます。お酒のむ人の通癖のようでもあります。そこがまた、味なところなのかも知れません。とにかく、私に就いては御心配なさるな。

私のほうこそ、すみませんでした、と言いたいのです。私に、お金がウントあれば、兄とウンと遊びたい。よく遊び、よく学びたい。このごろお仕事どうですか。私は、毎日、追われています。(1) 十二月十日以後は、休むつもりです。ナグサメル会は、ごっとものようにも考えられます。一切は、白紙還元して、「忘年会」は如何。忘年の意味、ようやくわかったような気がします。六日午後六時、阿佐ヶ谷駅北口通り「ピノチオ」にて、文学を語る会合ある由、(2) 私も出てみるつもりです。兄とお逢いできるといいと思います。

〔註〕

(1) 新年号の仕事であろう。昭和十六年の一月号に、太宰は、「清貧譚」(新潮)、「佐渡」(公論)、「東京八景」(文學界)、「みみづく通信」(知性) の四作を発表している。

(2) 第一回の阿佐ヶ谷会。このときの世話役は、田畑修一郎、中村地平、小田嶽夫の三氏で、会費は二円であった。阿佐ヶ谷会は、いまもって存続している。

100　山岸外史宛

昭和十五年十二月十二日東京府下三鷹町下連雀百十三番地より東京市本郷区駒

込千駄木町五十番地山岸外史宛（はがき）

拝復
先夜は、やられました。日暮里で一やすみ、亀井は吐き、私は眠り、共に又はげまし合って、やっと新宿から電車に乗り、こんどは私は電車の窓から吐き、亀井は少し正気づき、私は正気を失い、とうとう亀井に背負われるような形で三鷹の家へ送りとどけられました。君は一ばん強いよ。食事は、当日でいいでしょう。
みなに案内を出しました。
十二月十二日

三鷹の新居に落着くと共に、再び旧知との往来が始まり、訪問者もふえ、また原稿の依頼も多くなってきた。創作活動も軌道に乗ったかたちで、次々と秀作を発表した。

「東京八景」には、次のように書かれてある。

「私は、いまは一箇の原稿生活者である。旅に出ても宿帳には、こだわらず、文筆業と書いている。苦しさは在っても、めったに言わない。以前にまさる苦しさは在っても私は微笑を装っている。ばか共は、私を俗化したと言っている。毎日、武蔵野の夕陽は、大きい。ぶるぶる煮えたぎって落ちている。私は、夕陽の見える三畳間にあぐらをかいて、佗しい食事をしながら妻に言った。『僕は、こんな男だから出世も出来ないし、お金持にもならない。けれども、この家一つは何とかして守って行くつもりだ。』その時に、ふと東京八景を思いついたのである。過去が、走馬燈のように胸の中で廻った。」

この年の七月、太宰は伊豆湯ヶ野の福田屋に滞在して、「東京八景」を書いた。迎えに行った妻と、帰途、河津温泉に立ち寄って、滞在中の井伏鱒二、亀井勝一郎両氏と共に水害に遭遇するなどのことがあった。

また、四月には、井伏鱒二、伊馬鵜平氏等と上州四万温泉に遊び、十一月には、新潟高等学校から招かれて、講演に行き、その帰途佐渡に遊んだ。

この年、発表した作品は、「俗天使」（「新潮」一月号）、「鷗」（「知性」一月号）、「兄たち」（「婦人画報」一月号）、「春の盗賊」（「文藝日本」一月号）、「駈込み訴え」（「中央公論」二月号）、「老ハイデルベルヒ（アルト）」（「婦人画報」三月号）、「善蔵を思う」（「文藝」四月号）、「誰も知らぬ」（「若草」四月号）、「走れメロス」（「新潮」五月号）、「古典風」（「知性」六月号）、「女の決闘」（「月刊文章」一―六月号連載）、「盲人独笑」（「新風」七月創刊号）、「きりぎりす」（「新潮」十一月号）、「一燈」（「文藝世紀」十一月号）、「リイズ」（ラジオ放送用十二月）等である。

ほかに、創作集「皮膚と心」、選集「思い出」、創作集「女の決闘」（昭和十五年六月、河出書房刊）等が出版された。

あとがき

小山　清

太宰治は、明治四十二年（一九〇九）六月十九日に、青森県北津軽郡金木町大字金木小字朝日山四一四に生れた。戸籍名は津島修治。津島家は通称∧源（ヤマゲン）と云い、県下屈指の大地主であった。父、源右衛門（同郡木造町、松木家出）、母、たね（先代惣五郎長女）、修治はその六男であった。

「苦悩の年鑑」（昭和二十一年）という作品に、太宰は家系について、次のように書いている。

「私の生れた家には、誇るべき系図も何も無い。どこからか流れて来て、この津軽の北端に土着した百姓が、私たちの祖先なのに違いない。

私は、無智の、食うや食わずの貧農の子孫である。私の家が多少でも青森県下に、名を知られはじめたのは、曾祖父惣助の時代からであった。その頃、れいの多額納税の貴族院議員有資格者は、一県に四五人くらいのものであったらしい。曾祖父は、そのひとりであった。昨年、私は甲府市のお城の傍の古本屋で明治初年の紳士録をひらいて見たら、その曾祖父の実に田舎くさいまさしく百姓姿の写真が掲載せられていた。この曾祖父は養子であった。祖父も養子であった。父も養子であった。女が勢いのある家系であった。曾祖母も祖母も母も、みんなそれぞれの夫よりも長命である。曾祖母は、私の十になる頃まで生きていた。祖母は、九十歳で未だに達者である。母は七十歳まで生きて、先年なくなった。女たちは、みなたいへんにお寺が好きであった。殊にも祖母の信仰は異常といっていいくらいで、家族の笑い話の種にさえなっている。お寺は、浄土真宗である。親鸞上人のひらいた宗派である。私たちも幼時から、イヤになるくらいお寺まいりをさせられた。お経も覚えさせられた。

＊

私の家系には、ひとりの思想家もいない。ひとりの学者もいない。ひとりの芸術家もいない。役人、将軍さえいない。実に凡俗の、ただの田舎の大地主というだけのものであった。父は代議士にいちど、それから貴族院にも出たが、べつだん中央の政界に於いて活躍したという話も聞かない。この父は、ひどく大きい家を建てた。風情も無い、ただ大きいのである。間数（まかず）が三十ちかくもあるであろう。それも十畳二十畳という部屋が多い。おそろしく頑丈なつくりの家ではあるが、しかし、何の趣きも無い。

書画骨董で、重要美術級のものは、一つも無かった。

この父は、芝居が好きなようであったが、しかし、小説は何も読まなかった。『死線を越えて』という長編を読み、とんだ時間つぶしをしたと愚痴を言っていたのを、私は幼い時に聞いて覚えている。

しかし、その家系には、複雑な暗いところは一つも無かった。財産争いなどという事は無かった。要するに誰も、醜態を演じなかった。津軽地方で最も上品な家の一つに数えられていたようである。この家系で、人からうしろ指を差されるような愚行を演じたのは私ひとりであった。」

敗戦直後の執筆になるものだが、太宰が自分の家系について自覚するところを、最も明確に語った文章である。


太宰は青森中学、弘前高校を経て、昭和五年に東京帝国大学仏蘭西文学科に入学した。また、井伏鱒二に師事した。昭和十一年六月に第一創作集「晩年」を出版し、以後、昭和二十三年六月十三日に四十歳にして死歿するまでに、八篇の長篇、百五十篇に近い短篇等、全集十八巻に及ぶ作品を遺した。

この本には、昭和八年（一九三三）、太宰が数え年二十五歳から、昭和十五年（一九四〇）、三十二歳までの、八年間に書いた、一〇〇通の手紙が集めてある。年代別に編輯してあるが、これを、船橋以前、船橋の頃、鎌滝の頃、御坂峠の頃、御崎町の頃、三鷹の頃という風に分類するのも、一方法である。太宰の文学活動の初期から、一応安定した作家生活に入るまでの期間のものである。

これは太宰が図らずも遺した、「若き日の手紙」である。この本の中には、太宰の青春が一ぱいに詰まっている。仕事の面では、第一創作集「晩年」の集成前後から、彼がそれまでの十年間の東京生活を顧みた「東京八景」を書くまでの間である。

「東京八景。私は、その短篇を、いつかゆっくり、骨折って書いてみたいと思ってい た。十年間の私の東京生活を、その時々の風景に託して書いてみたいと思っていた。私は、ことし三十二歳である。日本の倫理に於いても、この年齢は、既に中年の域にはいりかけたことを意味している。また私が、自分の肉体、情熱に尋ねてみても、悲しい哉それを否定できない。覚えて置くがよい。おまえは、もう青春を失ったのだ。もっともらしい顔の三十男である。東京八景。私はそれを、青春への訣別の辞として、誰にも媚びずに書きたかった。」

この本は、手紙を通して辿った、若き日の太宰治の生活と精神の風景である。

ここに集めてある手紙は、以前、木馬社から刊行された「太宰治の手紙」（昭和二十七年五月刊）の中から選んだものである。但し、六一、井伏鱒二宛、七一、亀井勝一郎宛、九三―九七、山岸外史宛の七通は、こんど初めて収録した未発表のものである。

註は、出版社からの依頼によってつけた。初心の読者を対象としたものである。時日にゆとりがなかったので、委しく調べることが出来ず、不備なもので、太宰さんの霊にも、宛名の人にも、また読者に対しても、まことに申訳のない次第である。けれども、註は杜撰でも、本文は宝玉である。木馬社刊行のものは、極く少部数しか刷らなかったから、この本で初めて接する読者も少くないのではないかと思う。年少、初心の読者が、太宰文学を理解する上に、少しでも手引きとなり、参考となるところがあれば仕合せである。

●解説

返事は必ず要ります

正津　勉

「この本には、昭和八年（一九三三）、太宰が数え年二十五歳から、昭和十五年（一九四〇）、三十二歳までの、八年間に書いた、一〇〇通の手紙が集めてある」「これは太宰が図らずも遺した、『若き日の手紙』である。この本の中には、太宰の青春が一ぱいに詰まっている」。そのように「あとがき」にあるが、いったい「太宰の青春」はというと、どのようなものであったか。

昭和八年。初めて太宰治の筆名で「列車」を発表。古谷綱武、今官一、木山捷平らと始めた同人誌「海豹」に参加、創刊号に「魚服記」を掲載。「1　木山捷平宛」、ここで木山作品と「魚服記」を組上にして創作の要諦を語り「まとめ過ぎ」「あせり過ぎ」を誡めるしだい。さすが短編の名手太宰の面目躍如の一信だろう。

十年。都新聞社の入社試験に不合格。三月十八日、鎌倉で首吊り自殺未遂。四月、腹膜炎の手術に際し、鎮痛剤パビナールの注射を受け、以後中毒となる。「逆行」が第一回芥川賞候補となるも落選。「8　今官一宛」、ここでの受賞に反対した選考委員川端康成への難癖と罵倒はどうだ。「作者目下の生活に厭な雲あり」という川端に、このとき「小鳥を飼い、舞踏を見るのがそんなに立派な生活なのか」と反撃している。いささか支離滅裂っぽく錯乱気味なきらい。

十一年。パビナール中毒が進行、多いときには一日四十筒を注射。妻初代の着物を質に入れ、知人に借金をして歩く。初代の訴えに井伏鱒二が動き、津島家出入りの商人中畑慶吉と北芳四郎が、東京武蔵野病院に強制入院させる。「24　中畑慶吉宛」以後、十二通。これがどういおうか、なんとも氏への泣き付きぶりたるや、いやはやもう芸の域に達していて、おかしいったらない。

十二年。「7　小館善四郎宛」の一信で「君はいま、愛の告白(こくはく)をなさんとしている。思いのたけを言うがよい」と激励した、可愛い甥の画学生善四郎が、ほんとうに初代との不貞行為を告白しようとは！　三月下旬、水上温泉で初代とカルモチン自殺未遂。六月、離別。それから善四郎にかわり登場するのが高田英之助である。

十三年。高田は、東京日日新聞甲府支局の記者で、太宰、伊馬鵜平（春部）とともに〈井伏門下の三羽烏〉と称された。そしてこの高田こそ井伏を通して太宰に二人目の妻となる石原美知子を紹介した人物なのである。太宰は、このとき病気療養中の彼に多く十三通も書き励ますのだ。どの一信にも友を思う息遣いが熱く伝わる。はじめの「48　高田英之助宛」にある。そんな「君は、僕の恩人なのだから、そのかわり、乳兄弟の場合は、僕を、兄にして下さい」なんて。

九月、井伏同伴で甲府に石原家を訪問、美知子と見合い。「44　井伏鱒二宛」、ここでは媒酌人を渋る師に対して「結婚誓約書」なる文書を別紙で提出のうえ、これまでの乱れた生活を反省、家庭を守る決意をして「ふたたび私が、破婚を繰りかえしたときには、私を、完全の狂人として、棄てて下さい」とまで認めている（ところがのちになどと言わでものことはおこう）。

十四年。一月八日、杉並区清水町の井伏宅で挙式。仲人は井伏夫妻。甲府市御崎町に移り住む。九月、東京府北多摩郡三鷹村下連雀に転居。ようやくのこと精神的にも安定し「女生徒」「富嶽百景」「駈込み訴え」「走れメロス」など優れた作品を発表するにいたると。

ここまでざっとみてきたが、それにつけても井伏さんは、いや大変な押しかけ弟子を持って、さぞご苦労だったろうなあと、しのばれてならないのである。井伏宛は二十通。内容、枚数ともにそれは、荷重、苦渋なものばかり。

それはさてどんなものだろう。ただいまのＳＮＳ世代にはたして手紙などという旧来ツールの魅力がわかりますか。そこですすめたくあるのだ。

それは小説「虚構の春」（「文學界」昭一一・七）である。ついては「26　井伏鱒二宛」をみたい。これがどんな作品であるのか。みずから説明していう。じつに「さまざまの手簡、四分の三ほどは私の虚構」という、なんともご本人宛に寄せられた手紙だけで全篇成り立っている型破りの小説なのである。なかには井伏をはじめ、本書登場の山岸外史、伊馬鵜平、ほか檀一雄、田中英光など実在の人物の手紙もある。これなどSNS世代のはるか先駆けをなすような実験的作品、よろしければ本書とあわせて一読されたい。

十五年。さいごに編者小山清について。小山は、太宰が最も愛した弟子だ。「98　小山清宛」葉書一葉。そこに短くある。「気永に周囲を愛して御生活下さい」。これこそ太宰の心底の言葉であろう。

返事は必ず要ります。

（詩人）

＊本書は、小山清編『太宰治の手紙』（河出新書、一九五四年八月刊）を文庫にしたものです。文庫化に際し、新字新仮名表記に改めました。

太宰治の手紙

返事は必ず必ず要りません

二〇一八年 六 月一〇日 初版印刷
二〇一八年 六 月二〇日 初版発行

著 者 太宰治
編 者 小山清
発行者 小野寺優
発行所 株式会社河出書房新社
〒一五一-〇〇五一
東京都渋谷区千駄ヶ谷二-三二-二
電話〇三-三四〇四-八六一一（編集）
〇三-三四〇四-一二〇一（営業）
http://www.kawade.co.jp/

ロゴ・表紙デザイン 粟津潔
本文フォーマット 佐々木暁
本文組版 株式会社創都
印刷・製本 中央精版印刷株式会社

Printed in Japan ISBN978-4-309-41616-8

千年の愉楽

中上健次　　40350-2

熊野の山々のせまる紀州南端の地を舞台に、高貴で不吉な血の宿命を分かつ若者たち――色事師、荒くれ、夜盗、ヤクザら――の生と死を、神話的世界を通し過去・現在・未来に自在に映しだす新しい物語文学。

日輪の翼

中上健次　　41175-0

路地を出ざるをえなくなった青年と老婆たちは、トレーラー車で流離の旅に出ることになる。熊野、伊勢、一宮、恐山、そして皇居へ、追われゆく聖地巡礼のロードノベル。

奇蹟

中上健次　　41337-2

金色の小鳥が群れ夏芙蓉の花咲き乱れる路地。高貴にして淫蕩の血に澱んだ仏の因果を背負う一統で、「闘いの性」に生まれついた極道タイチの短い生涯。人間の生と死、その罪と罰が語られた崇高な世界文学。

枯木灘

中上健次　　41339-6

熊野を舞台に繰り広げられる業深き血のサーガ…日本文学に新たな碑を打ち立てた著者初長編にして圧倒的代表作。後日談「覇王の七日」を新規収録。毎日出版文化賞他受賞。解説／柄谷行人・市川真人。

十九歳の地図

中上健次　　41340-2

「俺は何者でもない、何者かになろうとしているのだ」――東京で生活する少年の拠り所なき鬱屈を瑞々しい筆致で捉えたデビュー作。全ての十九歳に捧ぐ青春小説の金字塔。解説／古川日出男・高澤秀次。

邪宗門　上・下

高橋和巳　　41309-9　41310-5

戦時下の弾圧で壊滅し、戦後復活し急進化した“教団”。その興亡を壮大なスケールで描く、39歳で早逝した天才作家による伝説の巨篇。今もあまたの読書人が絶賛する永遠の“必読書”！　解説：佐藤優。

憂鬱なる党派　上・下

高橋和巳　41466-9 41467-6

内田樹氏、小池真理子氏推薦。三十九歳で早逝した天才作家のあの名作がついに甦る……大学を出て七年、西村は、かつて革命の理念のもと激動の日々をともにした旧友たちを訪ねる。全読書人に贈る必読書！

悲の器

高橋和巳　41480-5

39歳で早逝した天才作家のデビュー作。妻が神経を病む中、家政婦と関係を持った法学部教授・正木。妻の死後知人の娘と婚約し、家政婦から婚約不履行で告訴された彼の孤立と破滅に迫る。亀山郁夫氏絶賛！

わが解体

高橋和巳　41526-0

早逝した天才作家が、全共闘運動と自己の在り方を“わが内なる告発”として追求した最後の長編エッセイ、母の祈りにみちた死にいたる闘病の記など、“思想的遺書”とも言うべき一冊。赤坂真理氏推薦。

日本の悪霊

高橋和巳　41538-3

特攻隊の生き残りの刑事・落合は、強盗容疑者・村瀬を調べ始める。八年前の火炎瓶闘争にもかかわった村瀬の過去を探る刑事の胸に、いつしか奇妙な共感が……“罪と罰”の根源を問う、天才作家の代表長篇！

我が心は石にあらず

高橋和巳　41556-7

会社のエリートで組合のリーダーだが、一方で妻子ある身で不毛な愛を続ける信藤。運動が緊迫するなか、女が妊娠し……五十年前の高度経済成長と政治の時代のなか、志の可能性を問う高橋文学の金字塔！

ヰタ・マキニカリス

稲垣足穂　41500-0

足穂が放浪生活でも原稿を手放さなかった奇跡の書物が文庫として初めて一冊になった！「ヰタとは生命、マキニカリスはマシーン（足穂）」。恩田陸、長野まゆみ、星野智幸各氏絶賛の、シリーズ第一弾。

少年愛の美学　A感覚とV感覚

稲垣足穂　41514-7

永遠に美少年なるもの、A感覚、ヒップへの憧憬……タルホ的ノスタルジーの源泉ともいうべき記念碑的集大成。入門編も併禄。恩田陸、長野まゆみ、星野智幸各氏絶賛の、シリーズ第2弾！

天体嗜好症

稲垣足穂　41529-1

「一千一秒物語」と「天体嗜好症」の綺羅星ファンタジーに加え、宇宙論、ヒコーキへの憧憬などタルホ・コスモロジーのエッセンスを一冊に。恩田陸、長野まゆみ、星野智幸各氏絶賛シリーズ第三弾！

黄夫人の手

大泉黒石　41232-0

生誕百二十年。独自の文体で、日本人離れした混血文学を書いた異色作家の初文庫。人間の業、魂の神秘に迫る怪奇小説集。死んだ女の手がいろいろな所に出現し怪異を起こす「黄夫人の手」他全八篇。

埋れ木

吉田健一　41141-5

生誕百年をむかえる「最後の文士」吉田健一が遺した最後の長篇小説作品。自在にして豊穣な言葉の彼方に生と時代への冷徹な眼差しがさえわたる、比類なき魅力をたたえた吉田文学の到達点をはじめて文庫化。

家族写真

辻原登　41070-8

一九九〇年に芥川賞受賞第一作として掲載された「家族写真」を始め、「初期辻原ワールド」が存分に堪能出来る華麗な作品七本が収録された、至極の作品集。十五年の時を超えて、初文庫化！

鬼の詩／生きいそぎの記

藤本義一　41216-0

二〇一二年十月に亡くなった著者の代表作集。直木賞受賞作「鬼の詩」、運命的な師・映画監督川島雄三のモデル小説「生きいそぎの記」他、「贋芸人抄」「下座地獄」、講演「師匠・川島雄三を語る」。

著訳者名の後の数字はISBNコードです。頭に「978-4-309」を付け、お近くの書店にてご注文下さい。